奴隷の抒情

Kamiyama
Mutsumi
神山睦美

澪標

まえがき

この本は、二〇二二年のウクライナ戦争に際して上梓した『戦争とは何か』の続編である。ロシアの侵攻とウクライナの防衛とを、私は、国民国家どうしの戦争と考えてきた。正確にいえば、ウクライナは、ロシアの侵略に抗戦することによって、国民国家として自立してきたのである。それでは、国民国家はなぜ国民国家との間で戦闘を行うのだろうか。『戦争とは何か』において、私は、おおよそ以下のように考えた。

まずは、柄谷行人の言葉を引いてみよう。

「ネーションが本当に形成されるのは、それが人々にそのために死ぬことが永遠に生きることを意味するような気持にさせるときです」。「西ヨーロッパにおいて、このような『ネーションが形成されるのは、一八世紀以来啓蒙主義によって、宗教が否定されてしまったあとからです。それはロマン主義としてあらわれます。つまり、ネーションのために生き、そのために死ぬ、それによって永遠の同一性のなかにつながるという意識が、ロマン派とともにはじめて出現したわけです」。

（『〈戦前〉の思考』）

一般的に、民族《ネーション》というのは、旧約聖書の時代から他との優位獲得のための闘争をおこなうものの謂いであるということができるが、近代の国民国家《ネーション・ステート》にとっての優位獲得闘争を規定しているのが、そのために死ぬことができるという意識のありかたであるということを、柄谷行人の言葉は示している。そして、そのことについて最も深い理解を示したのは、ヘーゲルである。『精神現象学』における「主人と奴隷の承認をめぐる闘争」という哲学理念は、自己意識について語られているように見えて、実は、ネーションについての考察から導かれたものでもあったのだ。

「主人」と「奴隷」の承認をめぐる闘いとは、普通、以下のように説明される。二人の人間が相対したとき、たがいに相手に自分を認めさせせようとして角逐する事態になったとする。ヘーゲルの言葉でいえば、自己意識の自由を求める者は、おのれの自由を相手に認めさせようとして、譲ることのない闘争をくりかえす。だが、意識の自由には、客観的な基準というものがないのだから、この闘いは、容易なことでは決着がつかない。最後には、自由のためには「死」をも怖れないという立場を貫き通す者が、「主人」となり、「死」を怖れて、おのれの自由を放り出した者は「奴隷」となり下がる。

ここでいわれる「自己意識の自由を求める者」を、ネーションの「正義」を証し立てようとする国民国家ととってみよう。そのような国民国家は、おのれの「正義」をもう一つの国民国家に認めさせようとして、際限ない闘いをくりかえす。国民国家の「正義」には、誰もが認める普遍的な基準はないのだから、まずもって、みずからの「正義」を相手に承認させなければならない。そのことは、同時に、もう一つの国民国家にとっても、存立の条件となる。

こうして、際限のない闘争が続けられるわけだが、ここにおいて、ネーションの「正義」のために は、死ぬことができるという意識をより多く宿した国民国家が「主人」となって、死ぬことに少しでも躊躇するような意識を宿した国民国家は、「奴隷」の地位に甘んじなければならない。国民国家の承認をめぐる闘争が、「戦争」をもたらすとするならば、勝敗を決するのは、「死ぬことが永遠に生きることであるような意識」の強度であるということができる。しかし、ヘーゲルは、「死」をも怖れないという その精神が、「自由のため」とは名ばかりで、たとえ世界が滅ぼうとも何ひとつ怖れることはないというメンタリティからなるとするならば、そこには「否定的なもの」が忍び込んでくると考えた。

では、「否定的なもの」とは何か。勝敗を覆して、「主人」の存立を危うくさせるような契機である。「奴隷」の地位に甘んずることになった国民国家は、たとえ、「主人」である国民国家の支配下に置かれたとしても、黙々と「労働」を行うことで、この世界になにものかをつくりだしていく。そのことによって、「主人」を内側から瓦解させるのである。

こうして「主人」である国民国家は、「否定的なもの」にさらされていくわけだが、ヘーゲルは、この「主人」が、ネーションの「正義」を打ち立てれば打ち立てるほど、「否定的なもの」にさらされざるをえないということを、同じ『精神現象学』の「行動する良心」と「批評する良心」とのせめぎ合いという考えを通して明らかにする。

「行動する良心」とは、その成り立ちにおいて、まず良心というものからもっとも遠い存在である。これに対して、「批評する良心」とは、そういう存在に対して、本《もと》を正し、これを説得しようとする正義の人ということができる。この二者のせめぎあいがどうにもならないところまできたとき、「行動する良心」に「良心」としての覚えが生ずる。それは何よりも、「悪」の自覚としてやってくるのだ。この自覚は、自分が相手に対する「ゆるしがたさ」を押しかくしていたという内省としてやってきて、彼を「行動」へとうながす。彼は、そのことを相手に告げることによって、「良心」としての内実をたもとうとするのである。

これを、ナショナリズムの闘いになぞらえてみるならばどうだろうか。「正義」のためには死ぬことができるというネーションの原理は、相手をかならず、「正義」のひとかけらもない無節操な共同体とみなす。「正義」の意識をより多く宿した国民国家は、このような無節操な共同体を「奴隷」とみなして、「主人」の統治下におこうとする。しかし、「奴隷」となった国民国家のなかに、「正義」のためにといっていながら、実のところは、相手の国民国家に対する「ゆるしがたさ」に、とらわれていただけであることへの気づきが、やってきたとするならばどうだろうか。

ヘーゲルの「良心」についての考察では、たがいの「ゆるしがたさ」に気づくことによって、相手に対する「ゆるしがたさ」を越えた場所から、相手に認めてもらおうと願うということになるのだが、国民国家間の「戦争」においては、この「ゆるしがたさ」への気づきこそが、「戦争」を乗り越えていく道にほかならないのである。そして、それは、「主人」であろうとする国民国家よりも、「奴隷」に堕することを受け容れた国民国家にこそやってくるのである。

続編を書くに当たって、私がもくろんだのは、この主人と奴隷の問題を文学と思想と言葉の問題として考えていくことだった。その意味では、「戦争とは何か」を文芸評論として問題にしていくというモティーフを一貫させてきたといえる。

文芸評論の本質を「他人の作品をダシにしておのれの夢を懐疑的に語ることだ」といったのは、小林秀雄だが、本書において、私は、この方法をいままで以上に実践してきたといえる。

理由は、私が主催している書評研究会にある。そこで、会のメンバーが上梓した、詩集や評論集をはじめとして、何冊かの書物をとりあげてきたのだが、それらが、私にとって「おのれの夢を懐疑的に語る」ためにぜひとも必要な作品となったのである。その意味において、毎月開かれている書評研究会は、本書の母体となったものといっていい。

もう一点、本書において採用した方法について、述べさせていただこうと思う。

かつて、『クリティカル・メモリ』という本を上梓したのだが、それは、「他人の作品をダシにしておのれの夢を懐疑的に語る」のではなく、「おのれの夢を懐疑的に物語る」ものだった。つまり、様々な作品をリミックスしながら、架空の物語をつむぎあげることによって、ひとつの批評作品を成り立たせたのである。

今回、このリミックスの手法を「語り」のなかに導きいれることにした。具体的には、既刊の拙著のなかから、そこで問題とされている事柄に通ずる内容を補強するために、一部を練り直して組み込むという手法である。

生成ＡＩが様々に議論されているが、私の考えでは、このツールが行っていることは、膨大な情報をリミックスすることによって、一つのかたちを形成することにほかならない。その意味では、「他人の作品をダシにして」いるのだが、「おのれの夢を懐疑的に語る」までには至っていない。それならば、「自分の作品をダシにして」「おのれの夢を懐疑的に語ること』を行った私の試みは、生成ＡＩよりはましなことを行っているのではないか。

いずれにせよ、様々な手法を駆使して、文学の世界、思想の世界に問題提起をしたことだけは、確かである。あとは、私の問題提起をどのように受け取ってもらえるかだが、手ごたえだけは感じている。そう感じさせてくれるのは、書評研究会のメンバーの存在である。あらためて、これまでのお礼を申し上げるとともに、これからもまた支えていただけることを願うばかりである。

奴隷の抒情　＊目次

装幀　森本良成

序　泥にまみれた涙――竹内英典『伝記』

現代詩は、基本的に抒情詩である。小野十三郎は、短歌的抒情を「奴隷の韻律」といったが、現代詩のすぐれた作品は「奴隷の抒情」からなっている。それは、小野十三郎ではなく、ヘーゲルの主人と奴隷の承認をめぐる闘いという理念に依拠した考えである。死を怖れることのない主人に対して死の怖れからのがれられない奴隷。しかし、この奴隷は、死を怖れるからこそ、何ものかをつくりだすのだ。そのことによって、主人を超えていく。いや、たとえ超えていくことがないとしても、死というとらえがたいもの、どのようにしても、思うにまかせぬものに言葉をあたえようとする。それが、「奴隷の抒情」の本質である。

竹内英典は、オイディプスの解いた謎が、「夜を生み／花をうかびあがらせ／痛苦を生み／花を散らし／さらに夜を生むうたの謎」（「花守」）であるというのだが、そこでいわれているのは、謎は解かれなかったということである。なぜ、謎は解かれないのか。思うにまかせぬものからのがれられないからだ。それを竹内は「必然」という言葉であらわす。

相対のなかの
ひとつの意志を

ただ一つの絶対の意志に変え
顔をつくり
群れをつくり
必然を装い
時を
襲ってくるもの

（「ゆめのあと」）

オイディプスを襲った「必然」とは、母と知らず母と交わるというものだったが、そのことによって、死というとらえがたいものからのがれえないということに彼は気づくのだ。死というとらえがたいものは、思うにまかせぬものであり、思うにまかせぬことにとらえられ、そのことに拘泥することによって、人は「泥にまみれる」と竹内はいう。

声は吊るされているではないか
吊るされながら声は
少しの変容を言ったのではなかったのか
泥にまみれた涙のことを
その眼差しのことを

（「声　そして　世界は泥である」）

現代詩のすぐれた作品が、「奴隷の抒情」からなっているということは、このことである。盲目のままさまようオイディプスとは、悲劇の主人公などではなく、泥にまみれて涙する奴隷である、そして私たちもまたと竹内はいっているかのようだ。

第一章　汚名を着せられた言葉──杉本真維子『皆神山』

劣位をあえて受け入れるという精神

以前「短歌現代」誌に「ウクライナ戦争をどうとらえるか」という論考を寄せた（二〇二二年七月号『戦争とは何か』所収）。そこで、『精神現象学』におけるヘーゲルの主人と奴隷の承認をめぐる闘いという理念によりながら、戦争もまたこれに値すると論じた。主人たらんとするものは、死をも怖れない強い精神をもって自らを承認させようとするのに対して、死を怖れ、屈服したものは奴隷となって主人を承認する側にまわることになる。にもかかわらず、主人たらんとするものは、精神の緊張を維持するために、大きなストレスを抱え込むのに対して、奴隷に堕したものは、黙々と労働に従事することによって、何ものかをこの世界につくりだしていく。そのことによって、やがて、主人をのり超えていく。

こう考えて、私は、ロシアの侵攻はもちろんのこと、ウクライナの防衛のための戦争も批判した。ロシアはウクライナに対して主人たらんとして侵攻したが、ウクライナはそのようなロシアの侵攻を決して承認することなく、戦い続けている。だが、そのことによって、ウクライナは、奴隷となって何ものかをこの世界につくりだし、やがてロシアを超えていくという道を閉ざしてしまった。

この考えは、いまでも変わっていない。ウクライナ戦争に対して、私に近い考えを述べたのは、たとえ防衛戦争であろうと国家の行う戦争は批判しなければならないという考えを明らかにした笠井潔（『新・戦争論』）とさまざまな文学者の戦争についての思いをとりあげながら、国家間の戦争を根本的に批判した今福龍太（『いまこのおなじ時に——ウクライナの〈戦火〉から遠く離れて』）である。

それはそれとして、「短歌現代」誌の私の論考について、編集長の真野少がこんなことを述べていた。小野十三郎は短歌を「奴隷の韻律」といって批判したが、神山のいう「奴隷論」からするならば、「奴隷の韻律」であるからこそ、短歌には可能性があるといえる。短い言葉なので、真野の真意がどこにあるかを推測しなければならないが、明らかなのは、小野十三郎の短歌「奴隷の韻律」論とは、定型と抒情によることで主人たらんとしてきた短歌が、そのことに気づかない限り、奴隷以上の奴隷となり下がってしまうということである。

これは、短歌のみならず、詩についてもいえることだ。近代以来の詩は、「自由」と「美」という理念によって、主人たらんとしてきたのだが、戦争期において、「死」と「美」を抒情的にうたいあげることによって主人たらんとすることが、大東亜の盟主たらんとして欧米諸国に対抗し、それを承認させようとした日本国家の精神に同一化することになった。そのことによって、奴隷以上の奴隷となり下がってしまった。これに対して、真に「奴隷の抒情」であろうとすることとは、主人たらんとする抒情をのり超え、ナショナリズムや国家とは別のところに何ものかを生み出してくことである。真野少は、このような私の考えを神山の「奴隷論」と受け取って、短歌の可能性について述べたと思われるのである。

ともあれ、戦後において、詩は過酷な戦争の現実をモティーフとすることで、「死」と「美」に依拠して主人たらんとする精神を瓦解させてきた。鮎川信夫をはじめとする荒地派の詩人たち、さらには、吉岡実、石原吉郎という詩人たちのなかに見られるのは、主人たらんとする精神から最も遠いところに詩を成立させようとする思いだった。なかでも、吉岡実の作品は、存在の零落を独特の黒い光によって照らし出すというものだった。これに比べるならば、石原吉郎をはじめ、何人かの詩人には、そういう状態に堕することまでは受け入れることができないという自恃のようなものがあった。鮎川信夫、北村太郎、吉本隆明という詩人には、そういう自恃は認められないのだが、「死」と「美」を抒情的にうたいあげることによって主人たらんという精神は、真実の「抒情詩」とはいえないことを明らかにしたといえる。

これは、大岡信をはじめとする第三期の詩人たちにも言えることで、彼らは、喩を多用することによって、これまでにないシュルレアリスティックな作品を生み出してきた。それは、戦後における「抒情詩」の流れに棹さしていると同時に、新しい「抒情詩」の息吹を感じさせるものであった。とはいえ、彼らの「抒情詩」に、あえて奴隷となることによって、何ものかをつくりあげていこうという精神が見出されるかというと、否といわざるをえない。それは、存在の零落に言葉をあたえようとしてきた吉岡実にもいえることだった。彼らはむしろ、そのような「奴隷の抒情」とは別のところに、新しい「抒情詩」の流れをかたちづくったといえる。

その意味でいえば、現代詩は、「死」と「美」を瓦解させたことによって主人となる道筋を断ち切ったものの、「自尊」とか「自恃」のようなものまで瓦解させるまでにはいたっていないといえる。

これを行うためには、言葉自体のもっているプライドのようなものを剥ぎ取らなければならない。自恃も自尊も、自分の存在が劣位に堕してはならないという思いから抱かれるのだが、「奴隷の抒情」となるためには、劣位をあえて受け入れるという精神をもたなければならない。そういう精神のもと、言葉からプライドを剥ぎ取り、言葉自体を「荒れさせなければならない」のである。言葉に「汚名を着せること」をしなければならない。

そう考えてみると、杉本真維子『皆神山』は、言葉を「荒れさせ」、言葉に「汚名を着せる」ことによって「奴隷の抒情」を生み出したまれにみる詩集であるといえる。ここまで劣位に甘んじる存在に、言葉を届かせようとした作品は、なかなかないのではないか。

汚辱に塗れた人々の生

人間は自我の動物である限り、劣位に置かれたくない、できれば優位に立ちたいという思いをもっている。だが、この思いからのがれられない限り、ヘーゲルのいう主人と奴隷の承認をめぐる闘争をどこまでも続けざるをえない。そして、誰も奴隷に堕することを拒否しようとする。しかし、奴隷となって、どのような自恃からも遠い場所で、黙々と何かをつくっていくということが、世界を変革する根本であることは、どのような時代、どのような状況でも、明らかである。杉本真維子の『皆神山』は、私にそのことを示唆してくれた。

シジミ、と思ったら、
自分の目が映っていた、
具のないみそしるを一口のんで、
両目を啜る、あじは、おれの刑期にふさわしく、
ざりり、と音までしやがった、
という
それからだ、波立たぬ椀ひとつ、
箸置にもどす一膳、
さっぱりとなにもない、
壁越しに、小便の音だけがしみている

（「しじみ」）

のっけから、汚名を着せられた言葉が紡がれる。こういう詩集の始まりというのは、これまでないものだ。「おれ」といわれているのは、懲役刑を科された囚人といえるが、彼がどのような犯罪を犯し、いかにして刑務所に入れられ、どう裁かれたかについて語る言葉は、ここにはない。あるのは、みずから犯罪者となることによって、奴隷の位置に堕したということであり、そのよ

うな場所というのが、主人を超えていくどころか、終始、汚辱に塗れた場所であるということである。

フーコーは「汚辱に塗れた人々の生」（丹生谷貴志訳）において、一七世紀から一八世紀の埋もれた文書を掘り起こすことによって、この「おれ」のような人間たちを明るみに出した。

それは警察や監獄の文書であり、王への嘆願書、監禁命令封印状といった文書である。彼らは犯罪者であり、背徳者であり、人非人であり、ペテン師であり、不心得者であり、あらゆる意味でもって極悪人である。だが、彼らは、そのような文書に記載されることによって、私たちの知るところとなったものの、「なんの痕跡も残さずに消え去って行くことを運命づけられた他の無数の人々に属する者たち」であり、「彼らの不幸、パッション、その愛や憎悪の中に」は、ぱっとしないありきたりのものしか存在しないのである。にもかかわらず、「それらの生はある種の熾烈さに貫かれて」いる。「彼らに生彩を添える」のは、「悪意、卑劣さ、下劣さ、頑迷さ、不運における暴力、エネルギー、過剰であり、そうしたものが彼らの周囲の目には、その周囲の凡庸さに応じて、彼らに一種の恐るべき、あるいは哀れをさそう偉大さを付与している」というのである。

フーコーはなぜそういう存在に関心を向けたのだろうか。彼らを後世に残したのは「権力という光との遭遇」であり「権力との衝突がなければ、おそらくそれらの束の間の軌跡を呼び起こす如何なる言葉も書かれることはなかったに違いない」と考えたからである。つまり、このような汚辱に塗れた者たちは、どの時代にあっても存在したのだが、警察や監獄の文書に記されることがなければ、何の痕跡も残さずに消え去っていったのである。

ここには、権力という主人によって奴隷へと堕せられた者たちの存在に、照明をあたえようとするフーコーの理念がある。ヘーゲルのように、この奴隷は、黙々と労働に従事するのでもなく、そのことによって、主人である権力を超えていくのでもない。にもかかわらず、かれらの悪意、卑劣さ、下劣さ、頑迷さ、暴力といったものは、一七世紀以来出現した権力構造によって、この世界に存在させられたのである。それをフーコーは、ベンサムの唱えた一望監視方式によって明らかにしようとする。この権力構造とは、監視塔に監視人が存在し、何層もの監獄を見降ろす形をとるのだが、そこに収監された囚人たちは、監視人に絶えず監視されているという強迫観念からのがれることができず、特別強制されたわけでもないのに、一様に自己規律を課すのである。

彼らは、そのことによって、みずからの悪意、卑劣さ、下劣さ、頑迷さ、暴力を権力へと馴致させていく。汚辱に塗れた者たちは、警察や監獄の文書に記載されることによって、みずからの存在を、後世に残すことになったのだが、それだけでなく、彼らの汚辱を権力によって拭い去ることによって、生きながら、文書の項目の一つとなっていったのである。それを、フーコーは「生政治」と名づけたのだが、その要諦は、どのような犯罪者、背徳者、人非人、ペテン師、不心得者、極悪人も、権力によって馴致させられることによって、世界の秩序の中に生きさせられるということであり、そのことは同時に、死んだまま生きさせられるということにほかならない。

ここには、主人である権力の構造を明るみに出していくのは、奴隷へと堕した者であるというフーコーの理念がある。逆にいえば、一七世紀以来の権力の構造を明るみに出すためには、これら汚辱に塗れ、奴隷へと堕した者たちに言葉をあたえなければならないということでもある。警察や監獄の文書だけでは足りない、文学の言葉こそが、このような汚辱に塗れた人々の生に手を届かせなければならないとフーコーはいう。

他の如何なる形式の言語活動にもまして、文学は〈汚辱〉のディスクールであり続ける。すなわち、もっとも語り難きもの、もっとも悪しきもの、最も秘匿されたもの、もっとも呵責なきもの、もっとも恥ずべきものを語るのが文学なのである。

非国民の冒瀆的言葉

杉本真維子の作品は、まさに、このようなフーコーの言葉を実践したものといえる。

蟹くさいその手を
ひっぱって離すと
起き上がってごろりと倒れた、
ひとが、こんなに自在に揺れていいはずがない
ばかやろう、ひっぱっては離し、
ひっぱっては叩きつけ、

やがて獣のように、墓石に突進していく

わたしは、
あたらしい障子のかげで、
この世には、軽蔑の鼓動というものがあると思っている
暑さに尻がぬれ、ひとり閉め切った室内で、
首をまわし、激しい寝返りを、みはっている

（「桜坂」）

「蟹くさいその手」「ばかやろう」「獣のように、墓石に突進」「軽蔑の鼓動」「暑さに尻がぬれ」。この詩集には、こういう言葉が頻出する。いままで誰も使わなかった言葉だ。私はこれらの言葉が織りなすものを「奴隷の抒情」と言いたいのだが、奴隷に堕することをいとわないこと、それだけでなく、もっとも悪しきもの、最も卑劣なもの、もっとも恥ずべきものについて語ろうとすること。そのことによって、この「奴隷の抒情」は生み出されるのである。

傾いた位牌に
手をあわせ、
せがまれて下手な経文も読む、
ちくわの、茶色いところが、鰭《ひれ》である、

という大嘘によってしか
生まれてこれなかったことを
薄目で誇ると
ぶん、ぶんと、うるさく呼ばれ、
(そろそろ、逃がそうか

手洗いのドアをあけはなつと
亡霊はわたしにむかって放屁して
やーい、
「黄色くなった!」
「黄色くなった!」
と、喜んだ

(「黄色くなった」)

「子どもの頃から/こころなど一つもない」という詩句からつながる一節だが、この偽悪的なユーモアというべきか、ここまで書くには相当の覚悟が必要だったのではないか。しかし、ここまで書かないと何かが変わらないという思いがあったことは間違いない。

故郷なし、わたくしは祖国なし、

潰れた絨毯から一本たつ
FUKUSHIMA、イバルナ、

ばらけた束を、撫でる手が汚い、
糸の会議はひそやかに
身ぎれいな人間の椅子のした
敷かれ、うごめく

(迷惑でも告白させてくれよ
親がさ、
犯罪者だからおれはおれがこわくってしょうがねえんだ

さもしい、愚かな糸か、
無学と殴打と貧寒の黙禱に
いのちに、
底上げを　押しつける「絆」の文字か
おまえの一本など軽く均される
けれど、風化するあの瞳の

紛《まが》いを喰って、生きる糸はいう
白目のぶぶんで見つめ抜く
背を向けても正面に回る
死の筋肉でねじふせる庇護のくらさ
そんな死者のあなたがどうして
弱い者の
はずがあろうか

はためく、
国旗を縦横に編んだ
糸の声援が水平に空にのびる
イバルナ、イバルナ、
FUKUSHIMA、

（「FUKUSHIMA、イバルナ」）

「故郷なし、わたくしは祖国なし」という最初の句が衝撃的だ。故郷のため、家族のため、祖国のために戦うのが国民というものであるとするとこの「わたくしは」非国民である。椅子の下の潰れた絨毯の糸とはためく国旗を縦横に編んだ糸とのディスコミュニケーション。そして、

「FUKUSHIMA、イバルナ」という冒瀆的ともいうべき言葉。

タイトルとされた「皆神山」という作品では、近親の死を「片手落ち」という「こやま」薬剤師の話が出てくる。この人は、寄合所には誰よりも早く到着し、礼を尽くしているような顔をして、本当は周囲を牽制していた社会性のある男だが、ある意味、収容所の監視人にもなりうる男で、強制労働の際には、囚人たちを一本の丸太を枕に横並びに眠らせ、朝になると、丸太の端を一度打って叩き起こすようなことをしながら、囚人たちのすることには「片手落ち」といっていちいち難癖をつけるような人間である。こういう人間を前にして、「でもね、加害者のかたもね、かわいそうなんです／おばあちゃんとあんたの二人だけの秘密にしよう」という「おばあちゃん」の言葉。

権力を渇望する群衆

フーコーの生政治においてもまた、同じことがいえる。一望監視方式をとる権力の頂点にいる監視人は、この「こやま」薬剤師のような人物といっていいのだが、そのような監視人もまた、死んだまま生きさせられていることには違いはないのである。それだけでなく、この人物は、何百万というユダヤ人をアウシュヴィッツへと移送したアイヒマンを思わせるところがある。

彼について、組織の命令に従順に従う「凡庸な悪人」にすぎないと語ったのは、『イェルサレムのアイヒマン』（大久保和郎訳）のハンナ・アレントである。彼女は、エルサレムの法廷を前にして、アイヒマンを裁く根拠があるとするならば、「人類に対する罪」であって、ユダヤ民族やイスラエル国家に対する罪という理由で裁くべきではないと述べた。このようなアレントの理念もまた、汚辱に塗れた者たちへ言葉を届かせようという思いからかたちづくられたものであることは、疑いないのである。

このことは、アレントが、アイヒマンを監視人の位置にいる者というだけではなく、みずからの悪意、卑劣さ、頑迷さ、暴力を権力へと馴致させていく存在とみなしていたということを必ずしも意味しない。「彼が二〇世紀最悪の犯罪者になったのは思考不能だったからだ」と述べることによって、その従順さ、小心さ、凡庸さが強調されたことは周知のところだからである。アレントのなかには、権力にとって不可欠の存在とは、悪意、卑劣さ、下劣さ、頑迷さ、暴力でもって周囲を脅かすような者たちだけではないという考えがあった。従順で、小心で、凡庸な人間たちが、ひとたび社会から疎外され、脱落すると、群衆となって、扇動に乗り、権力を渇望すると考えたのである。

『全体主義の起源』（大島通義・大島かおり訳）においてアレントは、彼らを、モッブとかデクラッセと呼ぶことによって、彼らこそが反ユダヤ主義を標榜し、ナチズムを下支えしたことを明らかにしている。「モッブはあらゆる暴動の際に自分たちを指導しうる強力な人間の後について行くのである」。彼らは、フーコーのいうように権力に馴致されることによって生政治的な権力構造を逆照射するのではなく、権力を渇望することによって、全体主義的な権力構造をかたちづくっていくのである。そういう意味では、彼らもまた汚辱に塗れた者たちであるといっていけないことはない。

マルクスは、このような存在が、ルイ・ボナパルトを皇帝へと押し上げていったことを『ルイ・ボナパルトのブリュメール十八日』(村田陽一訳)において、明らかにしている。ボナパルトは、ブルジョアジーや保守的な農民層だけでなく、「浮浪人、兵隊くずれ、前科者、逃亡した漕役囚、ぺてん師、香具師《やし》、ラッツァローニ、すり、手品師、ばくち打ち、ぜげん、女郎屋の亭主、荷かつぎ人夫、文士、風琴ひき、くず屋、鋏とぎ屋、鋳かけ屋、こじき、要するに、はっきりしない、ばらばらになった、浮草のようにただよっている群衆」の圧倒的な支持を得るのだが、彼らは、「自分の意志をいっさい放棄して、他人の意志の権力的な命令に、すなわち権威に服従する」者たちであり、しかもそのことによって、権威をもたない一個人の権威を、最大限に発揮することをもくろむ者たちなのである。

アレントの考えが、ここに根差していることは間違いない。アイヒマンとは、まさに、「自分の意志をいっさい放棄して、他人の意志の権力的な命令に、すなわち権威に服従する」者にほかならず、彼を存在させているのは、ナチズムという権力であると同時に「はっきりしない、ばらばらになった、浮草のようにただよっている群衆」にほかならないのである。そして、彼らを動かしていたのは、「憎悪」であるとアレントはいう。それは「誰かに、また何かに焦点を向ける」ようなものではなく、「日常生活の隅々まで浸み込み、あらゆる方向に拡がり、途方もない予想もつかぬ形をとる」ものであり、「この憎悪を免れ得るものは何一つなく、突如として憎悪の的となる心配のないものなどは世界には存在しな」い、と。

アレントのいう「憎悪」とは、嫉み、怨み、偽りと言い換えていいものだが、杉本真維子の『皆神山』において言葉をあたえられた汚辱に塗れた者たちとは、まさにこのような「憎悪」を存在理由とする者たちなのである。それを「奴隷の抒情」を通してうたい上げるということは、それを批判し断罪することではない。現代のアイヒマンともいうべき「こやま」薬剤師に対して、「でもね、加害者のかたもね、かわいそうなんです／おばあちゃんとあんたの二人だけの秘密にしよう」という「おばあちゃん」の言葉を受け容れるということなのである。

そのことをおこなうためには、言葉のもつ自恃や自尊をまず瓦解させることからはじめなければならない。主人と奴隷をめぐる闘いにおいて、奴隷に堕することをいとわないということ。『精神現象学』のヘーゲルは、批評する良心と行動する良心の闘いという理念において、背徳者であり、人非人であり、不心得者であり、あらゆる意味でもって極悪人であるような者が、権力を下支えすることによって、主人の後を継ぎ従う者となるのではなく、奴隷であることをあえて受け容れることによって、決して主人とはならないということを選び取る場面について語りかける。彼は、権力をもとめるこころが、みずからの内なる「ゆるしがたさ」からやってくるものであることにに気がつく。そして、このことを主人たらんとする者に告げることによって、良心のあかしを得ようとするのである。

そのように考えるならば、汚名を着せられた者たちに言葉を届かせることによって、「奴隷の抒情」を生み出すことができるかどうかは、内なる反動感情を見すえることができるかどうかにかかっている。私にそのことを知らせてくれたのが、杉本真維子の『皆神山』なのである。

第二章　公《おおやけ》と私《わたくし》——青木由弥子『伊東静雄—戦時下の抒情』

ガザ・イスラエル戦争をどうとらえるか

ウクライナ戦争におけるロシアの侵略を批判する観点は、さまざまなかたちで提示されてきた。しかし、私は、ロシアの侵略だけでなく、ウクライナの防衛をも批判しなければならないと考えてきた。これを可能とするものとして、ヘーゲルの主人と奴隷の承認をめぐる闘いという理念を提示した。二〇二三年一〇月七日のハマスによるイスラエル攻撃から端を発したガザ・イスラエル戦争においても、この考えは変わらない。

ハムラビ法典によれば、目には目を歯には歯をとされているが、これは、報復の正統性を規定したものではなく、歯止めのない報復を禁じたものである。ガザ・イスラエル戦争において、ハマスの攻撃に対しイスラエルの行った攻撃は、まさに、法を破って、歯止めのない報復をおこなうものであった。これに対して、ヘーゲルの理念は、まず、報復をやめるということを提示する。報復をやめることによって、侵攻をゆるし、占領されるようなことがあっても、それを受け入れるということ。

たとえばウクライナ戦争において、ウクライナは、ロシアの侵攻に対して、報復というよりも抗戦をしているといえるのだが、打たれたのに対し、打ち返すことを行っていることは否定できない。しかし、打たれたとしても、打ち返すことはしないという選択もありえたといえる。そのことによって、たとえ奴隷に堕したとしても、黙々と労働に従事することによって、やがて、侵攻し、占領した側を超えていくということがありうるからである。

とはいえ、ウクライナ戦争はまだしも、ガザ・イスラエル戦争でも同じことがいいうるだろうかという向きがあることはまちがいない。NATOをはじめとする欧米の影響力のもとにあるウクライナと、それを嫌って、旧ソ連圏さらには大ロシアという地勢図を掲げるロシアとの戦いは、いずれかが、そのような威力を収めることによって、奴隷に堕することができないわけではない。とりわけ、ロシアの侵攻を受けたウクライナは、領土の一部を奪われたとしても、欧米圏から距離を取り自立の道を歩んでいくことによって、やがて、ロシアの凋落を目にすることがないとは限らない。

これに対して、ガザ・イスラエル戦争においては、イスラエルもハマスも、みずからの威力を収めることはありえない。とくに、ハマスの側は、イスラエルの建国のせいで、パレスチナの地を追われた人々の苦難を背負っているという自負から、容易なことでは鉾を収めるわけにはいかない。そもそも、パレスチナ自治区であるガザをイスラム原理主義のハマスが実効支配したということ自体に、徹底抗戦以外に選択肢をもたないということが刻印されている。一方、イスラエルはといえば、ナチスによるユダヤ人虐殺という苦難を経て、ようやく、国連によってパレスチナの地への建国を決議されたのであるから、パレスチナをはじめアラブ民族の如何なる干渉や攻撃にも屈しないという思いを強くもっている。ハマスの攻撃を前に、鉾を収めることは、ユダヤ民族の苦難の歴史に泥を塗ることになるのである。

そのように考えてみるならば、二者の承認をめぐる闘いは、どこまで行っても終わらない。だが、万一、ハマスが自己解体することによって、ガザの統治を放棄し、イスラエルの侵攻を受け入れるようなことがあったならどうか。イスラエルは、ガザを支配することになったとしても、やがて、そのような支配の力学が、国際社会の承認を得ることなく、孤立していくことは目に見えている。

また、ハマスの攻撃に際して、イスラエルはこれ以上の反撃は停止し、ハマスの侵攻をゆるすようなことがあったならばどうだろうか。ハマスは、結局、他のイスラム原理主義と同様、テロ組織として、やはり国際社会から孤立していくであろう。ハマスからするならば、そのことは、計算済みというかもしれないが、イスラエルが、奴隷の立場に堕することによって、黙々となにものかをつくりだしていくとき、ユダヤ民族は、国家を超えてアブラハムの時代の栄誉を取り戻したと評価されるようになるのではないか。

ハル・ノートと真珠湾攻撃

これは、日本がかかわった先の戦争においても変わらない。日中戦争から太平洋戦争へと向かう際に、アメリカの国務長官コーデル・ハルによって提示されたハル・ノートを受け入れることができたならばという問題を立てることによって、事態は明らかになる。

一九四一年(昭和十六年)十二月八日の日本海軍による真珠湾攻撃は、東アジアにおける膠着した状況を打開するための軍事的な作戦という以上の意味を持っていた。端的にいって、それは、アメリカに象徴される近代文明への挑戦であり、西欧的な価値観への破壊工作といっていいものだった。このことは、真珠湾攻撃にいたるまでの日米交渉において、最後通牒のように突きつけられたハル・ノートの内容を検証してみるならば、明らかとなる。

ルーズヴェルト大統領のもと、国務長官として日米交渉に当たったコーデル・ハルは、以下のような内容の条件を提示してきた。

アメリカと日本は、日米英中ソおよびオランダ、タイとの間に不可侵条約を結ぶこと。それによって、日本は中国における権益をすべて放棄することになったとしても、あらためて中国国民党政府との間に対等な関係を保ち、ひいては、日米間の通商条約をいかなる支障もなく締結することができるであろう。

関東軍による満州侵攻と、国民党政府を認めない日本の姿勢を、重大な国家主権の侵害とみなしていたアメリカ政府は、早くからこのような趣旨の見解を抱いていた。ハル・ノートは、アメリカの政治姿勢を理念化したものと受けとれるので、これを最後通牒とするのは、あくまでも日本側の見方によるものといえる。

しかし、一九三一年（昭和六年）の満州事変以来、中国大陸満蒙地域に新興国家を建設し、世界大に広がる経済恐慌から抜け出ようとしていた日本にとって、これを放棄し、もういちど列島日本の権益と国内需給のなかに戻っていくことは至難のわざだった。このような状況にあって、中国におけるすべての権益の放棄をうたうハル・ノートが、大国の威信をちらつかせるだけの理不尽な要求にみえたとしても、やむをえないところがあった。にもかかわらず、ハル・ノートには、恐慌と経済の後退にどう対処するかという以上の理念があった。

では、アメリカの理念の根本には、いかなる思想があったのか。アジア、太平洋地域において領土を保有する主権国家のユニオンの構想である。それは、そのまま連合国家としてのアメリカ合衆国の理念を、アジア、太平洋地域において、より普遍的なかたちで実践するということであった。

同時にここには、第一次大戦後、民族自決主義を掲げて国際連盟の設立を促したウィルソンの政治理念が、反映されていたのである。実際、ハル国務長官は、太平洋戦争のさなかに国際連合の構想を発案し、米・英・中・ソによる国連憲章の原案作成をおこなっていた。それは、ハル・ノートに示されたアジア・太平洋地域における民族国家連合《ユニオン・オブ・ネーションズ》理念の、全世界的な敷衍といっていいものであった。

もちろんこのような動きが、一九四三年（昭和十八年）、太平洋および東アジア地域における戦闘において、日本の敗色濃くなりつつあった時点で起こってきたことを考慮に入れるならば、いずれ戦勝国となっていく国家どうしの、戦後処理という問題をはらんでいたことはまちがいない。にもかかわらず、ここには、太平洋戦争開戦後の日本にとって、戦略的にも理念的にも盲点といっていいような問題がこめられていた。

それは、もし日本が、このような連合国家の構想を受け入れて、中国における権益を放棄したならば、その後の南太平洋での激戦から、東京大空襲、沖縄戦の敗北、原爆投下という事態を回避できたという点から明らかになる。いったいなぜ、日本は、たとえ奴隷となったとしても、これを受け入れるに吝かではないという考えを示すことができなかったのだろうか。

世界歴史の上における日本の使命

それにこたえるためには、真珠湾攻撃が、日本国民のなかに、どのようなエモーションをもたらしたかについて考えていかなければならない。庶民感情から国民意識、民族の自覚から知識人の責任とニュアンスの違いはあるものの、総じて、明治開国以来の欧米優位のありかたに修正を迫るものであった。しかも、その滾《たぎ》るようなあらわれには、類例をみないおもむきがあった。一例を、吉野作造門下の経済学者住谷悦治の『大東亜共栄圏植民論』の一節と、そこに引かれた政治学者南原繁の歌二首によって示してみよう。

宣戦の大詔が煥発せられるとともに、一億国民の向ふべき処は炳《へい》として天日の如く明らかになり、すでにそこには寸毫の狐疑も逡巡もあるべき筈がなくなつた。満州事変以後十年間、支那事変を経て大東亜の黎明を感じたわれら日本人は、十二月八日の大詔を拝するに及んで、新東亜誕生への光明に、痛きまで身心に感激を覚えたのである。

住谷悦治

南の洋《うみ》に大き御軍《みいくさ》進むとき富士が嶺白く光りてしづもる

ひたぶるの命たぎちて突き進む皇軍のまへにＡＢＣＤ陣空し

南原繁

内村鑑三の弟子として、生涯、無教会主義キリスト教信者を通した南原繁にして、このような歌を詠まずにいられなかった、そういう驚きはナイーブにすぎるのである。戦争詩、戦争詠の類を検索していくならば、まさかこの文学者がというような例が次々に出てくる。問題は、むしろ、それらのひとつとして、日本の再生が、ハル・ノートに示されたような日・米・英・中・ソを中核とする国際的なユニオンとアジア・太平洋地域における民族国家連合《ユニオン・オブ・ネーションズ》のなかでなされていかなければならないという構想の一端にも触れえなかったというところにある。

それには、もちろん理由があった。一九三八年（昭和十三年）近衛内閣によって提起されていた「東亜新秩序」の理念が、彼らの無意識を拘束していたからである。欧米列強のアジア支配に抗して日本・満州・中国による圏域をつくりあげていくというその理念が意図していたのは、国民意識の底流にある欧米への反動感情に、積極的に棹差すことだった。後の大東亜共栄圏構想が、これを基にして打ち出されていったことは周知のところである。

東アジアにおける民族国家連合は、この構想において、日本国天皇を盟主とする日・満・漢・

鮮・蒙の民族協和体制とみなされていった。これが、石原莞爾の最終戦争論に起源をもつことは明らかなのだが、実際には、そこで唱えられた五族協和、王道楽土といったユートピア的な理念は骨抜きにされ、欧米列強への対抗意識を流し込むためだけの鋳型のようなものとして現出したのである。

実際、そこに現れたのは、ハル・ノートの示す日本再生構想の陰画《ネガ》といっていいものだった。アジア・太平洋地域におけるユニオンが、後における全世界的なユニオンの雛形となるといった理念は、どこにも見出すことができなかった。

もちろん、これを真珠湾攻撃をリアルタイムで受けとった国民の共同感情のなかにおいてみるならば、やむをえない面があったということもできる。それから数か月後に行われる座談会「世界史的立場と日本」では、少なくとも、そういう臨場的な興奮から覚めた事態の客観的把握がおこなわれるはずであった。だが、そのような予断のもとに、一九四二年（昭和十七年）一月、雑誌「中央公論」に掲載された座談会の記録をたどっていくと、次のような言葉に出会う。

「大東亜戦争の勃発は、既に殆んどその校正も終らんとする時であった。我々は言い表し難き感謝と覚悟の中に、我々の思索が厳粛なる世界史的事実によって裁かれるのを見守っていた。しかし尊厳なる国体の精華は艱難に会って益々宣揚せられ、海に陸に皇軍の威容は世界の人心を衝動した」。「我々は深く皇国の鴻恩を肝に銘ずると共に、我々の論議のさまで正鵠を逸せざりしを、密かに自ら慰めとしたのである」。

ここに現れているのは、住谷の『大東亜共栄圏植民論』と少しも変わらない文体である。前者の「天日の如く」「寸毫の狐疑も」「新東亜誕生への光明に」といった言葉が示す感情の上滑りに比べれば、「我々の思索が厳粛なる世界史的事実によって裁かれるのを見守っていた」という表現の客観性は動かしがたいようにみえる。にもかかわらず、いわれるところの「世界史的事実」に、どのような批判的精神も見出すことができない。少なくとも、この「世界史的事実」が、「世界歴史の上における日本の使命」「日本の世界歴史における現在の位置」という言葉で表される限り、そこには、いかなる実質的な根拠もみとめることができないのである。

歴史のなかの普遍的精神

「世界史的立場と日本」が、京都学派といわれる四人の哲学者、歴史学者によっておこなわれたことは、よく知られている。高坂正顕、高山岩男、西谷啓治、鈴木成高という西田幾多郎門下の学徒であるが、彼らの西欧文化に対する深い造詣は「世界史の哲学」といった言葉に象徴されている。そこに、カント的な世界平和の構想、ヘーゲル的な世界史における自由の実現という理念が投影されていることは、まちがいない。

だが、カントにとってもヘーゲルにとっても「世界」とは、人間存在の非融和性と切り離すことのできない概念であった。非社交的社交性を負わされた人間が、どのようにして他者と関係を結び、普遍的な理念を構成していくことができるか。人間と人間との承認をめぐる闘争が、何をきっかけとして絶対精神へと向かうことになるのか。カントもヘーゲルも、このような問いの場所から「世界」を構想したのであって、それらが、永遠平和のための教義としてあらわれる場合でも、後発近代国家の法理念としてあらわれる場合でも、非人間的と見まごうような特殊性を、どのように世界へと開くことができるかという関心が問題の核心にこめられていた。

これに対して、京都学派の唱える「世界史的事実」「世界史的立場」には、先験的かつ絶対的な価値の世界性を前提とするところから、問題を起動するといったおもむきがあった。世界が動かしがたい客観として現れるとしても、それを認識する仕方には、個々の主観が関わらざるをえない。そういう背理を突き詰めていくとき、客観的ということでは測ることのできない「物自体」という概念が要請される。カントのアンチノミーとは、そのような思考のなかではぐくまれていくものであった。客観をまとったかのような存在が、いまだ主観に囚われている者を従属させることで世界を構成していったとしても、後者のなかの自由への嘱望とその実践によって、やがては世界そのものの編み変えがはかられていく。ヘーゲルのディアレクティックもまた、こういう思考によって鍛えられていくものであった。そこにみられる、審級そのものの可変的なありかたを、「世界史的事実」「世界史的立場」に探し当てることは困難なのである。

彼らが、カントやヘーゲルに拠っているようでいて、ディルタイの生の哲学やリッケルト、ランケの歴史哲学の流れにくみし、そこに世界史の哲学を打ち立てているという点に齟齬の生じる理由がある。そう言ってみたとして、しかし、生の体験と生きた精神の力に文化や歴史を生み出すモメントをみとめたディルタイにしても、人間精神のなかに、生命そのもののモラリッシュ・エネルギーをみとめ、その多様なあり方に世界史の動因をみいだしたランケにしても、これを国家共同体の使命として受けとる視座はなかった。

そうであるならば、「世界史的立場」の主張には、カントやヘーゲルの世界性からも、ディルタイやランケの力動性からも、微妙にずれたものが含まれていたということになる。いったい何が、彼らの理念を偏向させることになったのだろうか。

明治以来の欧米との承認をめぐる闘争において、決して奴隷に堕してはならない、むしろアジア諸国の盟主となることによって、欧米と対抗し、日本が世界史を主導する立場となっていかなければならないという考えである。だが、このような考えからは、その過程においてどれだけの犠牲者が生ずるかということに対する配慮をうかがうことができない。

少なくとも非社交的社交性を負わされた人間が、どのようにして他者と関係を結び、普遍的な理念を構築していくことができるかというカントの理念には、人間同士の相容れない関係が、どれほどの死者を生み出すかという考えに裏打ちされていた。人間と人間との承認をめぐる闘争において、たとえ奴隷となったとしても、何ものかをつくりだすことによって、絶対精神に至りつくことができるというヘーゲルの理念には、何ものもつくりださず、絶対精神になど到達できないとしても、死者だけは最小限に食い止めることができるという考えがあった。

だが、「世界史的立場と日本」を唱える者たちのなかには、その後の南太平洋での激戦から、東京大空襲、沖縄戦の敗北、原爆投下によって生まれた二〇〇万とも三〇〇万とも数えられる日本人の死者たちに対するどのような配慮も責任もなかった。「世界史的立場と日本」を唱える者たちだけではなく、南原繁や住谷悦治といった人たち、数えきれないほどの戦争詩、戦争詠を生み出した者たちもまた、奴隷の屈辱を味わうよりは、死をものともせず戦い抜くことを選び取ったのである

伊東静雄における公《おおやけ》と私《わたくし》

このことは、青木由弥子『伊東静雄—戦時下の抒情』の以下のような一節のなかに語られている。

　静雄の作品でいえば『夏花』の「水中花」（昭和十二年八月）に、その当時の心象が濃厚に現れているのではないだろうか。あらゆるものが〈死ね〉と迫ってくる切迫感、その緊張感のゆえに、いっそのこと、全てを投げ打ってしまいたい、という発作的な衝動に駆られる心情。滅びを惨めな敗北ではなく、美しい憧憬の対象として措定し、死という究極の到達点に至る過程をいかに輝かしく辿るか、ということを主題とする（つまり、生のベクトルではなく、死のベクトルへ向かう）方向性。

　先行きが見えない不安な状況であるからこそ、その先に勝利があるのか滅びがあるのか不明であろうとも、いや、不明であるからこそ、ただひたすらに前進する他ない、というような（無謀な精神論にも結び付く）保田與重郎らの英雄論に若者たちが感化された理由も、日本

を覆う不安の圧の強さにその一因を求められるだろう。

青木の伊東静雄論では、サブタイトルの「戦時下の抒情」、という言葉に象徴されるように、伊東静雄が、いわゆる戦争詩に流れていくような作品を書いたのは、詩の根本に抒情的な精神があったからではないかという問題が提起されている。それは、英雄的な精神へとつながっていくのではないかともいわれている。戦争という、ある意味で国家が他の国家よりも優位に立とうとする状況を詩の抒情そのものが背負っていく、そういう精神というものが戦争詩の根本にある、という見方だ。

たしかに、抒情的精神の根底にある死を怖れない、あるいは死について強固な覚悟性のようなものを持っていくといった姿勢が、戦争詩へと向かわせていったといえるのだが、しかし、伊東静雄の抒情的精神には、そうではないものもあるのではないか、と青木は問いかけるのである。それこそが、『伊東静雄─戦時下の抒情』の大きな問題提起であるといえる。

青木は、これを公《おおやけ》と私《わたくし》という言葉でとらえようとする。彼女の言葉で言えば公《おおやけ》というのは、死を恐れない英雄的精神であり、その根本には、戦争詩に向かうような精神がある、しかし、伊東静雄のなかには、そうではないもの、たとえ戦争のさなかにあっても、市井の生活を営む人々の家族への想い、小さなもの、弱いもの、はかないものをいとおしむ思いがある。それを私《わたくし》というならば、伊東静雄の戦争詩が、死や滅びの美学によって染め上げられるだけではなかったのは、この私《わたくし》を大切にしていたからだと。

この私《わたくし》というのは、ヘーゲルの主人と奴隷の承認をめぐる闘争からすると、いわゆる奴隷の立場に通じるところがある。奴隷の立場に堕したものは、日々の労働に従事するというが、要するに市井の生活を営み、そのなかで、たがいに慈しみ合いながら、小さなもの、弱いもの、はかないものをいとおしんでいく。それは、決して公《おおやけ》的なもの、国家的なもの、英雄的なものに流れて行かない、そういう場所というものが、どこかにあるのではないかという考えだ。そう考えていくと、伊東静雄の中には主人の立場に立とうとするものがあると同時に、奴隷の立場でいよう、その立場で黙々と生きて行こうとするものがあった、そこに注目するという点に青木の優れた見方があるといえる。

パブリックとプライヴェート

公《おおやけ》と私《わたくし》という理念は、アレントの『人間の条件』でもとりあげられている。そこでは、公《おおやけ》をパブリック、私《わたくし》をプライヴェートという言葉でとらえたうえで、私《わたくし》ではなく公《おおやけ》に大きな価値があたえられる。

それは、古代ギリシアにおけるポリスの公共性として語られるのだが、活動と言論を駆使することによって、万人が平等な資格をもって、あらたな価値にあずかるところにあらわれるとされる。そのような公共性を奪われていたのが、プライヴェートな領域であって、それは、ポリスではなくオイコスに見られるものであった。そこでは家長が絶対的で専制的な権力を行使することがゆるされていたのであって、この薄暗い領域のモメントとなるのは活動と言論ではなく、生を維持するための必要と、必要に駆られてあらわれる欲望にほかならなかった。

このようなありかたについて、完全にプライヴェートな生というものがありうるとするならば、とアレントはいう。真に人間的な生活に不可欠なものを奪われて生きるということ、共通の対象を介して自分以外の人間と結ばれたり、分け隔てられたりすることから生ずる関係を奪われていることを意味する。これに対して、パブリックとは、そういうプライヴェートなあり方の対極にあるものにほかならず、他者の存在と関わり、多数性に根拠を置くところにこそ見出されるものにほかならないとされる。

ここには、青木が日本の戦時下に見出した公《おおやけ》と私《わたくし》と交差することのない理念が語られているようにみえる。要するに、アレントには、ヘーゲルのいう黙々と労働する奴隷に対する視点がみとめられないといってもいい。とはいえ、このような見方をそのまま受け取って、古代ギリシアではポリスに象徴される光の世界が、闇の世界であるオイコスの上につくられていたとみなすのでは、アレントの思考のダイナミズムを見落とすことにもなりかねない。

問題は、ポリスの公共性に象徴されるものが、オイコスを律する暴力や欲望から自立したものとして構築されなければならないのはなぜなのかというところにある。それは支配や欲望や暴力によって奪われた生のありかたが、一番もとのところにあるからであり、そこに光を当てることによってしか公的なものは現れ出ないということなのだ。つまり、プライヴェートという奪われた生を明らかにすることによって、はじめてパブリックというものがかたちを現わすということなのである。

それだけではない。プライヴェートとは、支配や欲望や暴力によって奪われた生というだけでなく、自分以外の人間との関係を構築することができず、奪う欲望にとらわれた生ということもできるのである。たとえば、パブリックを象徴するものとして、公共のテーブルということが提示されるのだが、このテーブルの置かれた部屋の外では、膨大な数の人間が、ニアミスのようなすれちがいをくりかえしながら、衝突し、相手を倒し、その存在を奪うような仕方で、たがいに対抗し合っている。彼らはたんに奪われた生を生きているのではなく、奪い奪われるという生を生きているのである。

それは、『人間の条件』よりも、『全体主義の起源』においてより現実的なかたちでいわれている。近代以後の社会が、公共のテーブルよりも前に、奪い奪われる群衆状態をもたらしていたということを、「大衆社会をこれほど耐え難いものにしているのは」といった言葉で告げようとしているのである。

公共のテーブルとは、古代ギリシアのポリスに成立していたものとは必ずしもいえないということが、ここからも明らかになる。むしろ、『全体主義の起源』でリアルな分析をくわえられた十九世紀から二十世紀の社会に特徴的な状況、経済社会状態の停滞とともに脱落者と転落者が大量生産され、一人一人ばらばらに切り離されながら、たがいにたがいを敵とみなして、凌ぎをけずり合うような状況の対概念として出てきたものといえる。万人の万人に対する略奪を常態とするような状況を、どのようにのりこえるかという関心から現れた概念といえばいいだろうか。

現実においては、そのような状況のなかにいる群衆は、真に人間的な生活に不可欠なものを奪われて生きているとともに、必要に駆られてあらわれる欲望にとらわれ、ついには、欲望の虜となって全体主義を渇望する存在となるのである。それをプライヴェートというならば、むしろ彼らの欲望や反動感情は、死をものともせず戦い抜こうとする主人の心情と同一化することによって、戦争へと向かう国家を下支えする。ここに公共のテーブルもパブリックなものも成立する余地はなく、あるのは、青木によって公《おおやけ》とされた英雄的精神だけである。

それにもかかわらず、新しい世界が、パブリックなもの、公共のテーブルへの嘱望を失ってしまうならば、世界は、プライヴェートなものによって埋め尽くされてしまうであろうというのが、アレントのいわんとするところである。同時に、青木に倣うならば、たがいに慈しみ合いながら、小さなもの、弱いもの、はかないものをいとおしんでいく市井の生活、そこにあらわれた私《わたくし》のありかたがなくなったならば、世界は公《おおやけ》としての国家やナショナリズムのなすがままになってしまう。そのためにこそ、奴隷に堕するというヘーゲルの理念が、あらためて注目されなければならないのである。

第三章　絶対的「無」としての「奴隷」——小池昌代『赤牛と質量』

「死」の怖れからのがれられない「奴隷」

これまで詩の抒情性について、考えてきたのだが、ここでとりあげる小池昌代『赤牛と質量』は、詩の抒情性にどのようなかたちで対峙しているのだろうか。ヘーゲルの「主人」と「奴隷」の闘いのなかで、死の怖れからのがれられないがために「奴隷」の立場に甘んずる存在というのが挙げられた。だが、ヘーゲルは、死の怖れからのがれられないというのはどういうことかということを表立って問題とすることはなかった。むしろそのために、黙々と労働に従事するというありかたに照明を当てた。

それは、私《わたくし》的なもの、決して公《おおやけ》へと向かわない生の営みを示唆していた。「奴隷」的な存在は、一方において、滅びの美学や死の覚悟性を唱える「主人」的な存在に対して、絶えず「死」と直面する存在なのである。戦前の戦争詩が、「主人」的な存在に根拠を置いていたのに対して、このような「奴隷」的な存在に根拠を置いたのは、「荒地」的な戦後詩ではないだろうか。

ただ、「荒地」的な戦後詩は、あくまでも戦争の「死者」を通して「死」に直面するので、遺言執行人の抒情ともいうべきものといえる。これに対して、普遍的なかたちで「死」そのものに直面する詩的精神があらわれたのは、吉本隆明『固有時との対話』、谷川俊太郎『二十億光年の孤独』においてである。そこで、死に直面することの本質とは、「固有時」と向かい合うということであり、「孤独」を宇宙的なものとして受け取るということである。

しかし、「固有時」や「二十億光年の孤独」は、死に直面しながら、みずからの存在を掛けがえのないものとして照らし出すところにあらわれる。そこにはたらいているのは、死を前にした覚醒といえるものである。これに対して「死」の怖れからのがれられない「奴隷」的存在にあるのは、おのれの存在を絶対的な「無」とみなす意識といえる。

「死」についての思想詩

小池昌代『赤牛と質量』が優れている点は、このような絶対的「無」としての「奴隷」的存在を詩の言葉によって照らし出したところにある。それは、宇宙の果ての空虚そのものであり、闇のなかに微塵となって消えていくものに言葉を届かせるということである。

帰還することを放棄した無重力の世界で
宇宙の塵となった自分を想像する

浮いている自分が　自分の墓標

さびしさに宿をたち出でてながむればいづくも同じ秋の夕暮れ
地球をたち出でて　ながむれば
孤独という言葉も塵となって
やがて微塵となる　このわたしも
（「とぎ汁」）

由比ヶ浜に陽が落ちる
宇宙に放出され
散り散りに　切れていく
（「ジュリオ・ホセ・サネトモ」）

何を惜しんでいるのか
目を見開き
ここに残る
ふてぶてしい肉体を引き受けなさい
燃え尽きるまで
塵となるまで
（「香水瓶」）

影がわよわよと泳ぐ
そうだわよ怖いわね

風になぶられてあゝいつか
わたしも誰かを殺してしまいそう

わたしも壊れながら
夕暮れになっても部屋に一人でいて
誰にも会いに行かず
窓からいつも暗い木を眺めた

顔は壊れ
ふみつぶされて
陽のあたる丘の上
累々と死んでいるからだ　なう

浮生という言葉が李渉の漢詩にある
はかない生という意味だそうだ
その字義どおり
生は浮いている
けんちん汁を待っているあいだ

（「なう」）

わたしは何者でもなく　この世に在った
在ったというより浮いていたのだ
心の上半分が　浮世の水面に
あれを幸福と呼ぶのだろうと思う
（「けんちん汁を食べてってください」）

「宇宙の始まりにおいては、質量を持たない素粒子が、真っ暗な空間を自由に飛び回っていたんです」

「百億年以上も前のことでしょう」

「ええ、人類はまだ現れていない。人類どころか、生物も無生物も」

「無」

「そう、無です」

「耳がきーんとしてくる。音はあったのでしょうか」

「想像してごらんなさい」

「だれもいない、なにもない、なにもきこえない、わたしがいない」

「その後、何が起きたか知っていますか。ヒッグス粒子と呼ばれる素粒子が空間を満たし始め」

「ええ」

「その他の粒子が動きにくくなって、故に質量というものが生まれてきた。重さとは素粒子の動きにくさのことなんですよ。だから、あなたも家を出なさい」
「何が言いたいのですか？」
「誰かに会って裸になりなさい。いや、逆でもいい。裸になって家を出る。あなたに足りないものは、ほんものの質量ですよ」

海水に刺さった棒が
上下左右　螺旋を描く
時間の突端はいつも痛い
海はといかける
果てはあるのか
ええうう、ある、おおいえ、ない、
答える間もおしく
赤牛がやってくる
群れ　とっと
蹄の音　高く

（「赤牛と質量」）

ここにあるのは、抒情詩ではなく、「死」についての思想詩というべきものだ。そして、小池昌代以外にこのような「死」の思想詩を書いた詩人を知らない。わずかに安川奈緒が「使い道のない否定性」という言葉によって死と孤独の極限に言葉を届かせようとした。しかし、安川には、この孤独が宇宙の果てのまったき無からやってくるという視点がなかった。その意味で、小池昌代の「死」の思想は、「死」を「千引石《チビキイハ》」に隔てられて、再び還っては来ないものとみなした小林秀雄の、さらには宇宙の果ての「アルキメデスの点」とみなしたアレントの思想に通ずるものといえる。そして、小林秀雄とアレントとは異なった視点から、「死」の思想を語った吉本隆明への応答ともいえる。

人間の死について

たとえば、人間の死について普遍的に語ることができるかどうかで詩人や思想家の実力が測られるとするならば、そのことを最初に教えてくれたのは、吉本隆明だった。「死ねば死にきり、自然は水際立っている」という高村光太郎の言葉を引き、「死は、個人にたいする類の冷酷な勝利のようにみえ、またそれらの統一に矛盾するようにみえる。しかし特定の個人とは、たんに一つの限定された類的存在にすぎず、そのようなものとして死ぬべきものである」というマルクスの言葉を引いて語りかける吉本のなかには、ほかに聞くことのできない言葉の真実を読み取ることができた。

死がすべてを無に帰してしまうならば、生きることの喜びも、日々のささやかな幸せも意味を失ってしまう。死に値するような苦難がやってくるとき、どのような喜びも幸せも意味をなさなくなる。そういう誰もが抱く不安や怖れに対して、死ねば死にきりであり、特定の個人とは、たんに一つの限定された類的存在にすぎず、そのようなものとして死ぬべきであるとしたうえで、私たちの心を占めるいかなる幻想によっても、死を意味づけてはならないというのが、吉本の死の思想だった。

それは、「御国にて上古、たゞ死ぬればよみの国へ行物とのみ思ひて、かなしむより他の心なく」という本居宣長の言葉を引きながら、「彼の念頭を離れなかったのは、悲しみに徹するという一種の無心に秘められている、汲み尽し難い意味合だったのである」と語った小林秀雄においても言えることだった。小林にとって、死は「千引石《チビキイハ》」に隔てられて、再び還っては来ないものであり、だからこそ、死の測り知れない悲しみに浸りながら、おのずからみえてくるように死のかたちを創り上げるほかはない、そこにこそ死をものともしない共同生活の精神というものが起ち上がる。それが、小林の死の思想だった。人間の死について普遍的に語るということにおいて、小林秀雄もまた人後に落ちない思想家だった。

最初の原子爆弾の爆発を、人類にとっての死の経験とみなしたのは、アレントである。『人間の条件』のプロローグにおいて、アレントは近代と現代のターニング・ポイントは、広島・長崎への原爆投下にほかならないとして、これをきっかけとしてモダン・ワールドとしての現代があらわれたので、それはモダン・エイジとしての近代とはまったく異なる世界が出現したということであるという意味のことを述べている。モダン・ワールドとしての現代に生きる人間は、もはや「無」としての死を免れることができない。それが、アレントの言わんとするところなのだが、このような思想が、小林秀雄の死の思想に通ずるものであることに注意しなければならない。死は「千引石《チビキイハ》」に隔てられて、再び還っては来ないという小林の言葉は、もはや私たちは、これまでの枠組みで思考することはできないということを、そしてそのような枠組みとはまったく異なる世界に放り出され、そこにおいて思考するほかないということを示唆している。理由は、いうまでもなく、原子爆弾の投下であり、原子核エネルギーというものの出現にほかならない。昭和二十三年、小林は、湯川秀樹との対談において以下のような言葉を述べるのである。

「原子爆弾が落っこったとき、」「非常なショックを受けました。人間も遂に神を恐れぬことをやり出した……」。「ほんとうにぼくはそういう感情をもった。単に戦争の不幸というのではなく、なにか非常に嫌な感じを持った。その後、いろいろ知識を得まして、だんだん嫌な感じが強くなった。地球というものがやっとこれだけ安定した。安定させてくれたから生物も現れてきたわけでしょう。それをむりに不安定な状態に、逆なことを……人智によって、自然に逆のプロセスをとらせることを、やり出した」。（「人間の進歩について」）

小林の「嫌な感じ」は、深く死の経験からやってくるものだが、それがもはや戦争の悲惨や不幸といったことを越えてしまっているということ、人間が神の領域を侵すことであり、地球そのものに宇宙的な崩壊をもたらすことであることを示唆するのである。ここから小林は、原子核エネルギーというのが、原子という閾を超えて物質を無限に分割しようとする欲望、さらには、原子核の構造を窮めずにいられない欲望に由来するものであるということを、量子力学についての知見を通して直観する。先の言葉に続けて「稀元素というもの、なぜあれが稀なのかというと、不安定な元素が稀なのでしょう」という言葉を湯川秀樹にぶつけるのだが、ウランの核分裂ということが、存在そのものの希少性と有限性を担保にしてなされるということについても、昭和二十三年という当時にしては、驚くべき正確さで言い当てるのである。

アルキメデスの点

このような直観や認識は、いったいどこからやってきたものなのか。それを小林ではなく、最初の原子爆弾の爆発を、宇宙の果ての絶対的な無の地点からやってきたものとみなしたアレントの認識を参照することによって明らかにしてみよう。

『人間の条件』において、アレントは、この絶対的な無の地点を「アルキメデスの点」という言葉であらわしている。「私に支点を与えよ。されば地球を動かしてみせよう」と語ったとされる古代ギリシアのアルキメデスの言葉こそが、その内実をあらわしているというのが、アレントの考えなのである。

アレントによれば、このことに最初に気がついたのは、人間は「アルキメデスの点を発見した。だが、人間はそれを自ら自身に敵対するように用いた」という言葉を残したカフカにほかならない。地球の外にあって、地球を動かす点が存在するとするならば、それを手にすることは、地球上生物としての人間の条件を超えて、地上のすみかに対する絶対的な権力を獲得することにほかならないからである。その結果、人間は新しいアルキメデスの点を欲し、その欲望は際限なく続くことになる。

いいかえれば、人間は広大な宇宙のなかでただ途方に暮れることになろう。というのも、真のアルキメデスの点が唯一存在するとしたら、それは宇宙の背後にある絶対的な無にほかならないからである」。

（「宇宙空間の征服と人間の身の丈」引田隆也・齋藤純一訳）

「宇宙空間の征服」が「絶対的な無」へといたりつくというアレントの言葉。これこそが、原子爆弾の衝撃からもたらされたものであるといってまちがいないのだ。そのことを明らかにするために、アインシュタイン、マックス・プランク、ニールス・ボーア、シュレジンガーといった物理学者たちの理論が引き合いに出されるのだが、重要なのは、原子という閾を超えて物質を無限に分割しようとする欲望、さらには、原子核の構造を窮めずにいられない欲望が、宇宙の果てに「絶対的な無」を見出すのと同じように、物質の究極に「巨大なエネルギー」を見出すのであるという指摘である。

アインシュタインの相対性理論も、ハイゼンベルクの不確定性原理も、科学それ自体の力によって、人間が自然世界の客観性そのものを失ってしまう状況を導いたにすぎない。この果てしのない宇宙的なよるべなさというものこそが、原子力という巨大なエネルギーと対になってあるものなのである。私たちは、「核分裂と宇宙空間の征服への望みを指標とする原子革命が到来」したということに、なぜ驚かないのか、そう、アレントは語りかける。このようなアレントの言葉に照らし合わせても、昭和二十三年における小林秀雄の発言の先駆性はうたがうことができないのである。

宇宙的視線

吉本隆明がアレントや小林秀雄の認識に匹敵するものを得たのは、八九年の『ハイ・イメージ論』においてである。そこで吉本は、アレントのアルキメデスの点に当たるものを、人工衛星ランドサットから撮影された映像を手がかりに、宇宙からの視線として言及し始めるのである。それを「死からの視線」とするとともに、この言葉が、フーコーの『臨床医学の誕生』で「生、病、死」の「連続性は断ち切られた。その代わりに、一つの三角形の形象があらわれ、その頂点は死によって規定されている」（神谷美恵子訳）とうたわれた「死の三角形」の構造的な変換であることを明らかにする。そのことによって、死と無の現出する地点にまで思考の射程をのばしていったということができる。

だが、アレントや小林とは異なって、吉本は、そのような死の思想が原子核エネルギーと対となってあらわれるものであるということについてはふれない。宇宙からの視線を人間の思考がとらえることと、原子核分裂を窮めていこうとする人間の欲望とが同位にあるということには、あえて関心を向けないといってもいい。

そのことは、しかし、吉本の思想的な劣勢をいささかも意味しない。それが、どんなに死と無の現出する地点にまで射程をのばしたものであっても、原子核エネルギーを死の側から照射するという方法とは一線を画しているからである。そこに、吉本の死の思想の独自性があるといっていい。

それでは、吉本の死の思想の独自性とはどういうものなのか。『ハイ・イメージ論』において、宇宙からの視線を死から照射された視線といいかえるとき、それが宇宙の死滅だけではなく、その生成にもまたふれるものであり、人間の生と死に根源的にかかわるものとして取り出されていることに注意しなければならない。

人工衛星ランドサットから撮影された映像やコンピューター・グラフィックスについて言及しながら、そこにみいだされるイメージ体験が、臨死体験におけるそれに酷似していることが述べられるとともに、そのようなイメージが、胎内体験のイメージ化に通ずるものであると述べられる。いってみれば、ここで、死と生誕がひとつながりのイメージとして取り出されているのであり、それは、「無限の過去と無限の未来にむかって内挿したり、外挿したりすることのできる」ようになったイメージであるとされるのである。

つまり、吉本にとって、宇宙からの視線は、死によって閉ざされた絶対的な無の地点からやってくるだけではなく、新たな生を無限の彼方に示唆するような未生の地点からもやってくるのである。そのことを「もちろんこれは、まだ〈未生〉の映像の始まり、または始まりの映像というのとおなじに、まだ〈未生〉の社会像の始まり、あるいは始まりの社会像の像《イメージ》価値といってもおなじことだ。いいかえれば希望を語ることと絶望を語ることが同一な認知の地平に立っているといっていい」という言葉で述べるのである。

ここに示唆されているのは、宇宙の死が未生以前の闇のなかから宇宙そのものの再生を模索するという思想にほかならない。問題は、私たちの現在が「希望を語ることと絶望を語ることが同一な認知の地平」にあるということであり、それが、はるか彼方の〈未生〉といっていい地点から照射されているということだけなのである。吉本は宮沢賢治についてのインタビューにおいて、こんなふうに語る。

「人間個々の生死を分けるというのは意味のないことだ、銀河系とともにあって、滅びるときも銀河系とともに滅んでいく」。「人間はそんなふうに生きたり死んだりしてしまうような、そういうものではない」「銀河系が存続するならば存続するし、その時間まで人間は生きる、銀河系がなくなればそれまで」「個々の人間が一〇〇年くらいの間で死ぬとか死なないというのは、あまり重要じゃない」。

（「『東北』を想う」）

吉本にとって銀河系とともにある人間とは、決して滅びることのないもの、いやたとえ一度は滅んだとしても、はるか彼方からやってきて「母の形式」（『母型論』）のもとに回帰してくるものにほかならない。

それは、「母が生まれるまえに出発して／ずいぶん走った／すっかり大人《おとな》になった母が／苦《くる》しい峯《ね》の村の入り口で　出迎《でむか》えている／その姿《すがた》は／懐妊《かいにん》のようにみえる」（『記号の森の伝説歌』）という吉本の詩句について述べた吉田文憲の言葉を借りるならば、「未生以前の母の胎内をくぐりぬけるかのような、死から生へむけての長い時間」を通って回帰してくるものということもできる。この時間は、「母親の胎内のような暗闇のなか」（『アフリカ的段階について』）を流れる時間であり、そこには生と死が深淵をはさんでありつづける。だが、時間は決して堰き止められることがなく、いかなる断絶もありえない。「不安な夢が、生と死の感覚の仲介をしていて、こちらの世界から向こうの世界へ、向こうの世界からこちらの世界へと往き来する」（同前）としても、そのような畏怖や不安は、取り返しのつかないものではない。

だからこそ、生死は分けることができず、もし、死というものがあるとしたら、そういう時間をうみだす銀河系がついになくなるときいがいではない。そしてこの了解が宇宙的といった視線を崩壊させない根拠なのであり、死はそこにおいてかたちをとるのだ。それは同時に、宇宙の崩壊のみならず、原子力というものをもまた、決して崩壊させない根拠であるというのが、吉本のメッセージであった。

小池昌代の『赤牛と質量』が、このような吉本のメッセージにあらためてこたえようとしたものであることは注意されてよい。死の怖れからのがれられないがゆえに、「奴隷」の境遇に堕するということは、死の怖れをものともしない「主人」の立場に立ち続けるのではなく、生と死の深淵を前に、こちらの世界から向こうの世界へ、向こうの世界からこちらの世界へと往き来することであるともいえるのである。そのことによって、この「奴隷」は、永続的になにものかをこの世界につくりだしていくということができる。

第四章　生と死の循環――岡本勝人『海への巡礼』

死からの回生

岡本勝人は、『仏教者　柳宗悦』（校正出版社）において、「死」について以下のような言葉を記していた。

わたしたちは、生まれてからこの方、なだらかではあるが、確実に存在する水平線のような死について、漠然と意識している。時折、他者の死を目の前にしたり、訃報に接したり、亡くなった通知を後から知るたびに、あるがままの生に押し寄せる死の波のようにそれらを感じている。時には、激しい荒波となったりするが、それは、他者のことであり、他者の存在の顕現を知ることである。自分のことになると、遠い死の水平線は、まったくと言ってよいほどに、意識裡に抑圧された亡霊であるかのようだ。

ここには、小池昌代『赤牛と質量』に見られたような、「死」を宇宙の果ての絶対的「無」とみなす視点は感じられない。だが、「遠い死の水平線」を「意識理に抑圧された亡霊」のようなものとみなすところには、生と死の深淵を前に、こちらの世界から向こうの世界へ、向こうの世界からこちらの世界へと往き来する視点があるといえる。それは、生死を無限循環のなかでとらえようとする視点に通ずるものといってもいい。

ここでとりあげる『海への巡礼』には、そのような視線をいたるところに感じ取ることができる。東西にわたる豊富な知識に裏付けられた文化論ともいうべき書でありながら、「死」と直面した人間が、どのようにして回生するかということが根底的な主題となっている。知識が豊富すぎてなかなか読み取れないきらいもあるが、筋をたどっていけば、これまで誰も言わなかったことが大胆に述べられている。そのことを念頭において、リライトしてみよう。

生と死をめぐる大地と宇宙

主題は、「生と死をめぐる大地と宇宙」といっていいだろうか。それは海への巡礼によって明らかにされる。

私たちの時間の旅程は、いつか死の場所を求めなければならない。あるいはそこに至るためのルートを確かめなければならない。それは海への巡礼である。そして海への巡礼とは、死の淵へと赴きながら、めぐりめぐって生の世界へと還ってくることであり、宇宙のこの上ない広がりのうちに私たちをつなぎとめるような、広大な大地へと向かわせることでもある。

文化の古層に見え隠れするのは、有と無がひとつとなり、宇宙と大地がめぐりめぐって、大いなる道すじとなり、やがて生と死をつなぐという信仰である。そう考えるならば、巡礼とは、生老病死をかかえた人間存在を大地と宇宙につなぎ、聖なるものへと向かわせようとする試みである。

それでは、「文化の古層」とは何か。フランスのノルマンディーとブルターニュを例に挙げてみよう。

ノルマンディーもブルターニュも、海に突き出た半島である。古層への親和性とは、野生の海岸や島や半島とそれをとり囲む海へ限りなく惹かれるということである。ノルマンディーやブルターニュ地方は、ケルト的な石の文化を通して植物や物質への親和性をあらわしていた。プルーストにとって、創作上の町バルベックは、ノルマンディーの小さな漁村をモデルとしていた。彼の精神は、花や草や樹による植物性の感覚に同化し、砂浜や水や土や空や雲といった、海に包括される物質の原素へと還元されていた。

ブルターニュの根っこに位置する島、モン・サン・ミシェルから船に乗って、荒波の中に櫓をこぎ、海のなかに半身浸かりながら、波に埋もれた巡礼路を歩く人々は、この地の果てに、漁師や羊飼いを追い、干潟や塩分に浸かった草の上を歩く人々におのれの姿を見出した。

モン・サン・ミシェルは、フランス南部のオーヴェルニュ地方にあるル・ピュイの山と同じく、大天使ミカエルの信仰が息づく場所である。その山には、ケルト人の山岳信仰の岩場が続いていて、そこに、地の霊（ゲニウス・ロキ）がいる。キリスト教以前の聖地であり、木や岩や泉を聖なるものとする自然信仰である。

ル・ピュイ大聖堂はいまではキリスト教の聖地になっているが、当初はケルトの人々が神聖視する岩場であった。モン・サン・ミッシェルの島も、ケルト人の信仰に息づく入り江を望む海のなかの岩場だった。それがやがて、キリスト教の聖地となった。

文化や宗教の接ぎ木

ここから、キリスト教は、ケルトの自然信仰に接ぎ木されるようにしてこれらの地に根を張ってきたということがわかる。大天使ミカエルは、キリスト教では、神の使いとしてあらわれ、悪魔をも追いやる力をもっている。それは、ケルトの自然信仰においては、荒ぶる自然の象徴的存在であり、そういうものとして崇められていた。

救国の少女ジャンヌ・ダルクも大天使ミカエルのお告げを聞く。パリのピラミッド広場にはジャンヌ・ダルク像が立っているが、モン・サン・ミッシェルには、同じ製作者によるミカエル像が建てられている。ここから、ジャンヌ・ダルクはカトリシズムのさらに奥にある古層ともいうべき文化、信仰を象徴する存在であるということもできる。

ヨーロッパの近代は、大きく過去の歴史を呑みこんでいる。ふとした街のしぐさや風景のなかに、その土地の中世や古代の層が覗いている。人々は聖なるもののなかに見えてくる有や無に、人生のアイデンティティを求めようとしていた。有と無は至高性のもとでひとつである。

西欧と東洋の架け橋としての「荒地」と四大元素

エリオットの「荒地」のモティーフとなっているテムズ川の上流や下流は、そこに生きた人々の生活と切り離せないものがある。それは地・水・火・風の四大元素に還元されるものであり、物質の根源を火とするアナクサゴラスや、水とするターレスなどのギリシア思想にまでさかのぼることができる。

ゲーテの『ファウスト』にも、四大元素への賛歌が認められる。元素の中でも特に水が大きな意味をもつのだが、ゲーテのなかには、河の流れを旅することによって、東方へ向かおうとする思いがあった。ゲーテのなかのオリエンタリズムは、後世の芸術への指針となるものであった。

モネの睡蓮を描いた絵には、「日本風の橋」があり、この池の水辺と「印象—日の出」の海は、オリエンタリズムやジャポニズムをかきたてる生命そのもののあらわれである。そこに四大元素を見出すならば、それはギリシア思想における自然の構成要素だけでなく、仏教思想における物質の構成要素でもある。

「荒地」の後半には「ガンガ河は底が見え、うなだれていた木の葉は／遠くヒマラヤ山に黒雲がかかるまで／雨を待つのだ」(西脇順三郎訳)というインドの風景描写がある。その意味で、エリオットの「荒地」は、四大元素への考察を通じて、西欧と東洋の架け橋をなそうとする試みでもあった。

ウパニシャッド哲学の章句の終わりにうたわれる詩句「シャーンティー(心の平和あれ)」は西

欧キリスト教における「理解を超越する平和」と同じ意味である。人類は大地や水や火や空への思いを詩に託すことで、丸ごとの自然に慰藉されてきた。

水辺のポエジーが醸し出す五感のイロニー

クロムウェルの清教徒革命は、その後の独裁政治によって、挫折をもたらしたが、時代の重い空気のなかでせめてもの自由を求めようとする動きは、詩や演劇へと向かい、後には新天地へと向かった。ボストンは、そのような清教徒たちの思いによって建設された都市である。

ボストンに近い港湾都市セーレムに生まれ育ったホーソンは、『緋文字』でピューリタンが背負った象徴的な罪悪と赦しの物語を綴った。水辺の描写が生き生きとして、川辺の音も隠喩の波動となってポエジーをかきたてるこの物語は、水面の反映と水深の深さからあらわれたものといえる。

五感全体による芸術表現が、古代から現代までの表現方法をつらぬいている。ボードレールをはじめ象徴主義やシュルレアリスムの詩文には、五感による「万物照応」のコレスポンダンスがみとめられる。ボードレールの詩魂には、コールリッジ、シェリング、ポーのそれが生きていると言ったのは西脇順三郎だが、これらの「通底器」となっているのは五感のイロニーの考えといえる。

バシュラールは人間の体質と精神との関係について、四大元素とのつながりを想定しているが、西脇順三郎の体内を流れる四大元素が、小千谷の山や丘や川の自然と交感していることもたしかである。とりわけ川の「水」から出てくる幻影の人の描写は、バシュラールのいう「水」のイメージと交感しているといえる。

水辺というよりも海そのものに惹きつけられた作家たちは幾人もいるが、若き日から捕鯨船に乗ったメルヴィルは、その経験を題材に『白鯨 モービィ・ディック』を書いた。「わが心をひきつけるものはもうこの地上には何もない。海へ行こう、世界の海を見に行こう」（千石英世訳）と主人公のイシュメールに言わせたメルヴィルは、渚は渚の穏やかさで、荒海は荒海の激しさで巡礼たちを海へと誘うことを知っていた。

熊野という「海やまのあひだ」

折口信夫は、大王ヶ崎の海の彼方に「常世」や「妣が国」を望見したが、それは熊野の地に奥深くまよい込むことによって、聖なる地との決定的な瞬間を体験したいためだった。紀州熊野は島嶼性である日本のなかでも、典型的な半島性を現出するトポスである。海の旅と山の旅が交錯する「海やまのあひだ」といえる。

観音信仰が息づく熊野には、中上健次の小説に出てくる、男たちを救済する女を彷彿とさせる信仰がみとめられる。それは、地の霊（ゲニウス・ロキ）とも重層して、海へとその世界を広げてゆき、地勢的にも深い世界へと通じていく。『岬』や『枯木灘』を支えているのは、そのような世界である。

熊野には多くの人々が歴史を刻んでいる。三十六歳の時に四天王寺から高野山を経て熊野に参籠した一遍、三十四歳で栂尾の高山寺を建て、やがて紀州の白上峰に籠った明恵、英国から帰国してから、熊野の山中に籠って粘菌の採集と研究に没頭した南方熊楠。彼らのなかにあるのも、地の霊（ゲニウス・ロキ）への応答といえる。

一遍は熊野那智大社から船で川を下った。西行も那智大社から那智の滝を訪れている。アンドレ・マルローもここを訪れているが、那智駅の後ろには熊野の海が広がっている。彼方には「常世の国」があると信じられていた。そのように、熊野は山の信仰がそのまま海の信仰へとつながる伝説の土地といってよかった。

海から望む三浦半島と鎌倉世界

石橋山の戦いで平家軍に包囲された頼朝は、真鶴から船で房総半島へ落ちのびたが、やがて、上総の上総広常、千葉常胤《つねたね》をはじめとする反平家の武士たちを伴い、三浦半島を基盤とする三浦氏の加勢のもと、鎌倉に向かった。

このあいだの頼朝にとって、相模湾、東京湾の海路は、死と再生を果たす場所であり、遠く流れる黒潮のコスモスの影響を受けた海上の時空であった。この黒潮の海流は、紀州熊野から房総までをめぐるものであり、さらには、柳田国男の「海上の道」で語られた伊勢湾から熊野灘をめぐって奄美諸島、沖縄の南へと回流するものである。

源実朝の宋への憧憬と渡宋計画の挫折には、この黒潮の海流への思いが底流となっているのではないか。だが、権力抗争の狭間に身を置くほかなかった実朝にとっては、頼朝を政権へと押し出した黒潮の流れは、存在そのものの源流であるとともに、彼を孤立無援の位置へと流し去るはるかな水脈だった。

「箱根路をわれ越えくれば伊豆の海や沖の小島に波の寄るみゆ」「大海の磯もとどろに寄する波われてくだけてさけて散るかも」といった実朝の歌には、海への巡礼を行う精神の、あまりに孤独なまなざしが感じ取られる。

琉球弧をたどって、輪廻転生へいたる

柳田国男の「海上の道」と島尾敏雄のヤポネシアをたどっていくことによって、すべてをのみこむ海の存在があらためて迫ってくる。海の存在は、レヴィ＝ストロースをして野生の思考へといざなうものでもあった。彼が見出した未開民族の婚姻形態にあらわれているものこそ、女性の交換を通して実現される無限の循環であった。

それは、決して限定された形態に収まることのない、生と死の循環にも通ずるものであり、海とは、まさにこの循環を時にはやさしく、時には激しくかたちどるものである。海の水は象徴的な意味を内包し、世界は海によって、形がととのえられる。水こそが、死と再生の根源としてあ

るものといえる。

人は生まれては死に、死んでは生まれ変わる。そのようにして円環と変貌を繰り返す命のつながりがある。「ここに一つの世界が幕を下ろして姿を消し、次の世界が生まれる」というのは、ルオーの一枚の絵に飾られた言葉だが、人の一生には限りがあっても、永遠を求める思いには限りがない。

ニライカナイの楽土から次の世界が輪廻によってこの土地にやってくる。その輪廻転生の場所は、アジア的かつアフリカ的に歴史の基層を遡行しうる場所であり、海辺の砂地や海岸の草原へと続く聖なる巡礼の岩場である。

踏み迷う場所

こうして岡本勝人の海への巡礼は、どこまでも続いていく。それは終わりなき旅ともいえる。岡本が『仏教者 柳宗悦』で引用した親鸞と小林秀雄の二つの文章を引いてみたい。

自然《じねん》といふは自《じ》はおのづからといふ、行者《ぎょうじゃ》のはからひにあらず。しからしむといふことばなり。然といふは、しからしむといふことば、行者のはからひにあらず、如来のちかひにてあるゆゑに。（略）自然といふは、もとよりしからしむるといふことばなり。弥陀仏の、もとより行者のはからひにあらずして、南無阿弥陀仏《なむあみだぶつ》とのたませたまひて、むかへんとはからせたまひたるによりて、行者のよからんともあしからんともおもわぬを、自然とは申すぞときて候。
（『親鸞八十八歳御筆』）

縁起の法とは、一応は因果の理法といえるだろうが、近代科学のいう因果律とは、おそらくまるで違った意味を持っていた。世界は自然も精神も、色受想行識の五蘊、五つの言わばカテゴリイの相互依存関係に帰すると釈迦は考えた。この五蘊の運動は、ただもう無常であり、そこに何等実態的なものも、常住なものもない。（略）釈迦が、激しい内省から導いた、こういう哲学的直感は、現代の唯物論より遥かに徹底したものだと言えましょう。彼は、彼の全人格を賭けて、そういう風に直観した。
（小林秀雄「私の人生観」）

人は誰しも、この生のさなかで、道に踏み迷い、思い屈し、立ち止まることがある。ここを通らなければ、いかなる方途も拓かれない、そういう最重要の地点なのだ。しかし、なかなかそう受け取ることがむずかしい。むしろ、この場所から一刻も早くのがれたいと思い、あまつさえ、そんな場所に身を置くことなど、ありえないかにふるまう。それが、世の常といえる。ところが、すぐれた哲学や思想をたどっていくと、必ずどこかで、その哲学者や思想家が踏み迷った跡に出会うことができる。親鸞と小林秀雄の先の文章は、そのことを知らせてくれる。

たとえば、近代的な二元論哲学の祖といわれるデカルトの「私は考える、それゆえに私はある」という命題。これによって、デカルトは、「考える主体」に特別な位置を与え、そこから、世界のすべての対象を客観的な法則のもとに明らかにすることをくわだてたとされている。しかし、デカルトは、実をいうと、自分がいったい何者なのか、自分の存在に根拠というものがあるのかどうか、この自分は、いったいどのように生きたらいいのか、そんなことを考えながら、二十代の大半を異国の地をさまよい歩いて過ごしたという。そのようにして、思い屈し、途方に暮れているその自分だけは、無一物の存在としてここに「ある」、そのことの発見が、先の命題を導き出したといわれている。

「労働者」と「奴隷」

主人と奴隷の弁証法を唱えたヘーゲルは、どうだろう。一見、デカルト的な二元論ののり越えを目指しているようでいて、どこか決定論的な方向から免れることができない。それは、歴史を階級闘争という観点からとらえる、マルクス主義的な歴史観にも通ずる方向といえる。しかし、これをマルクスのいわゆる「労働者階級」という場所から顧みるならば、だいぶ様相が異なってくる。

ここでいう「労働者」とは、いかなるものだろうか。あらかじめどのような存在の指標もあたえられることなく、無一物といっていいありかたを強いられた者。みずからの労働力を売ること以外に、どんな根拠ももちえない存在。その何者でもないものが、にもかかわらず労働力商品となることで、生産に従事していく。

それは、決して主人をのり越える一筋道などではない。存在の最後の根拠であった労働力を、搾取されていく過程でもある。しかし、そこを通ってしか、道は拓かれない、そのことを、マルクスはもちろんのことだが、ヘーゲルもまた含意していたといえる。

ヘーゲルのいう「奴隷」は、その名にふさわしく、「労働者」以上にすべてを奪われた者である。そういうぼろぼろの場所で、途方に暮れているのがこの「奴隷」にほかならない。そのことを、ヘーゲルは、ギリシア悲劇やキリスト教倫理によりながら、明らかにしていく。とりわけ、良心の自由を論ずるにいたって、そういう無一物の場所こそが、人を和解へと導く契機にほかならないと語る。いかなる義からも見放されてさまよう存在、その向こうにようやくそれは、のぞみみられるのである。

絶対的な「無」としての死の先には何があるのか

カフカは、「変身」において、一人のセールスマンの悲劇を描いた。グレゴール・ザムザという名のそのセールスマンは、朝の不吉な夢から目覚めると、自分が一匹の巨大な毒虫となっていることに気がつく。ところが、このグレゴールには、事態の深刻さを問いただすそぶりがまったく見られない。なぜ自分だけが、そのような目に会わなければならないのか、その理不尽さをどう納得したらいいのかを尋ねようともしないのだ。

彼の関心事は、ひとえに時間に遅れないように会社に行き、セールスの仕事をいつものようにこなすこと。そして、妹と父母からなる家族が、つつがなく生活できることだ。しかし、そういうグレゴールにも、しだいに状況が重くのしかかってくる。毒虫となった自分が、まわりから忌み嫌われる存在であることに気がついていくのである。なかでも、父親から、息子としてのアイデンティティーを得られなくなったとき、グレゴールは、自分が、どうにもならない不如意のなかにあることを、思い知らされる。

このときのグレゴールを、「アキレスは亀を追い抜けない」というゼノンのパラドックスに登場するアキレスになぞらえてみてはどうだろうか。トロイ戦争の勇士アキレスは、一セールスマンにすぎないグレゴールに比べるならば、はるかにすぐれた能力の持ち主といえる。にもかかわらず、どうあっても亀を追い抜けないそのぶざまさにおいて、毒虫に変身させられたグレゴールと変わらない。

しかも、このアキレスは、一寸先に位置する亀を前に、思い屈し、途方に暮れる者にほかならない。その意味で、ヘーゲルの「奴隷」にも、マルクスの「労働者」にも、デカルトの「考えるわれ」にも当る存在であるということができる。彼らが、本質的にどのような義をもなくしてさまよう者であるのは、毒虫と化したグレゴールと変わらないという点においてなのだ。

しかし、この毒虫であるグレゴールは、みずからに負わされた悪や汚れや不全といったものを、一つとしてかこつことなく、だが、敢然としたところもまったく持ち合わせずに、まるでぼろ布のようにして息絶えていく。「教会の塔時計が朝の三時を打った。窓の外がほんのり明るみはじめたのまで、彼にはまだわかったけれども、やがて首がひとりでにがくんと落ちて、鼻孔から最後の息が弱くかすかに流れ出た」(「変身」山下肇訳)と、カフカは書いている。

この最後の息の先に何があるか。弱くかすかに流れ出たそのグレゴールの最後の息の先を、あのアキレスが、見事に亀を追い抜き、矢のように駆け抜けていく。その姿を、思い描いてほしい。絶対的な「無」としての死の先には何があるのかを、示唆してくれるのではないだろうか。

第五章　コロナ・パンデミックの抒情——森川雅美『疫病譚』

大文字ではない歴史の一番奥にあるもっとも小さな消された声

森川雅美『疫病譚』の「後記」にこんなことが述べられている。ここ十数年、特に3・11以後、世界には容易ならない事態が発生している。大震災、原発事故、コロナ・パンデミック、それに伴う世界不況、さらには、ロシアのウクライナ侵攻による世界戦争の危機、これに地球温暖化に伴う環境破壊が加わり、「人類滅亡の危機が近づいているといっても過言ではない」と。そして、この状況はさらに深刻化するばかりで、イスラム原理主義ハマスのイスラエル攻撃を機に始まったガザ・イスラエル戦争では、イスラエルの歯止めのない報復攻撃によって、民間人の死傷者は、膨大な数にのぼっている。

能登半島を襲ったマグニチュード7・6の大地震の被害と重なって、犠牲者の数は測り知れない。コロナ・パンデミックでの死者六八九万七〇一二人（そのうち七万四一八二人が日本の死者）に、戦争と災害での死者を加えるならば、「確かに、第二次世界大戦以後、世界全体に広くこれだけの死者が出たことはなかった」。森川は、このような死者、犠牲者を前にして詩の言葉は、何ができるのかと問いかける。いいかえるならば、それでも、抒情詩の可能性はあるのだろうかと問いかけるのである。
その問いに答えるためにも、「日本の疫病の歴史を調べ始めた」という。

調べていくと、疫病が大きく歴史に影響を与えていたことが分かる。パンデミックは4回あったと思われる。縄文時代末、飛鳥から天平時代、幕末明治、第一次大戦後の大正時代。時代の中心の人物も命を落とし、その意味でも歴史に大きく影響を及ぼしたといえる。

このような歴史を調べていて思うのは、大きな歴史には書かれないいかに膨大な時間があるかということだ。それは歴史の大文字の声に消された、無数の小さな声、あるいは小さな声の存在といっても良い。もちろん現在の歴史学は、日記などの私的な資料や公文書などの記録、さらには文書ではない事物そのものから、大文字ではない歴史の発掘がなされている。とはいえ、歴史は科学であり、限界がある。

詩歌や小説などの創作においては、実証のできない消された声、声を発する存在そのものを召喚できる。私は資料の一番奥にある最も小さな消された声を、想像力を全開にして聞き取り言葉にすることから書き始めた。それは時に暗礁に乗り上げ時に迷路に迷い込み、遅々とした困難な歩みだった。

やがて過去と現在の声が交差し、もしあるとするならばコロナなどウィルスの意識そのものまで浮かんでくる。それらの声をそのまま言葉にできるのは、定型にも物語にも縛られない自由詩ならではといえるだろう。自由詩は何でも入る広い器であり、時に零れ落ちそうになりながらも声はその器に満ち満ちていく。
まさにそれこそが消された歴史の声なのだ。

大文字ではない歴史の一番奥にあるもっとも小さな消された声をそのまま言葉にできるものこそ、自由詩であり、それがもし抒情詩であるとするならば、奴隷の抒情によってしか、その声はとらえることができないと森川はいっているかのようだ。

子供をなくした母親の愛惜の念

小林秀雄は、歴史を、子供をなくした母親の愛惜の念にたとえた。歴史的事実が、いつ、どこで、どういう原因で起こったのかという点からのみ捉えられる傾向に抗し、一度失ったものは、二度と取り返しがつかないという思いを通して、過去に向かい合うことの大切さを説いたのである。このような小林秀雄の考えには、一般的に唯物史観といわれる歴史の見方に対する批判がこめられている。

これまでの社会の歴史は階級闘争の歴史であるという、マルクスの言葉がある。唯物史観というのは、そういう社会の歴史だけでなく、歴史一般についてのマルクスの考えをいう。過去から現在にいたる人間の活動を、社会的な諸関係に影響されながら、新たなかたちへと展開していく過程とする見方である。

これだけをとるならば、この歴史観には、よりよきことへと向かう人間の精神が、脈打っているといえないことがない。事実、マルクスのなかには、一度失ったものは、二度と取り戻すことはできないという思いが強くあった。同時に、人間の歴史は、そういう必然の関係に影響されながら、わずかずつでもよきものへと向かっていくという考えがあったのである。

こういうマルクスの歴史観は、一方で、エンゲルスとの共同作業のなかで少しずつ変形を蒙っていく。経済的、社会的諸関係による必然に重点がおかれ、さらには、より進んだ段階への発展ということに力点が打たれていく。唯物史観の名の通り、物質的な関係に規定されて、歴史は進んでいくといった見方になっていくのである。レーニン、スターリンによって、その傾向はさらに進められていくのだが、そのようにして完成された唯物史観では、歴史は、生産様式の発展のもとで、不合理なあり方が正されていく過程とみなされる。

それは、何よりも、経済的、社会的に抑圧され、虐げられていた存在が、抑圧から解放されてゆく過程にほかならない。そこでは、ひとたび遺棄され、失われたものも、新たな権利のもとに自己を取り戻していくことができる。取り返しのつかないものとか、かけがえのないものというのは、後ろ向きの考えにすぎない。歴史は、日々、前進を重ね、取替え可能な状況を、次々に生み出していくことができるのである。

しかし、現実に生きている人間の実感からすれば、このような考えは、必ずしも実情に合ったものとは言えない。歴史が、いつでも人間に進歩発展を約束してきたとはいいがたいからだ。小林秀雄は、そういうポジティヴな見方に対して、歴史とは、人類の巨大な恨みに似ているという言葉を述べた。二度と取り返しがつかないという思いだけが、歴史に血を通わせ、生きた現実として、愛惜することができると、小林はいう。

しかし、いわゆる唯物史観を根底から批判するには、これだけでは少し足りないのではないかという思いもある。というのも、失ったものを二度と取り戻すことができないということが、愛惜や恨みという点から問題にされているものの、人間の倫理の問題として、問われていないからである。

不正を加えるよりも、不正を加えられる方を選びたいという思い

このことを明らかにするために、人間の倫理について深く考えたソクラテスについて考えてみよう。

プラトンの『ゴルギアス』のなかで、ソクラテスは、マケドニアのアルケラオスについてポロスに問われる。陰謀によって王位をにぎったアルケラオスは、伯父であるアルケタス、その子供のアレクサンドロス、そして異母弟に当たる七歳の弟を惨殺していく。それほどの悪逆を加えられた当の者たちは、いったい何をもって報いられるのかとポロスは、ソクラテスに詰め寄るのである。彼らの身の上を考えるならば、悪逆非道の限りを尽くして王位についたアルケラオスが、何の咎めも受けずに、富と権力をほしいままにするということは、決してあってはならないことではないか、というのがポロスの言い分なのだ。

これに対して、ソクラテスは、何と答えただろうか。およそこの世にあって、人に不正な仕打ちを加えるほど、大きな災悪はないのだ、と語る。つまり、不正な仕打ちを加えられたアルケタスよりも、不正な仕打ちを加えたアルケラオスの方が、はるかに災いが大きいというのが、ソクラテスの考えなのだ。

これは、不正をおかす人間は、どっちにしろ惨めであることに変わりはないが、いっそう惨めなのは、不正をおかしながら、何の報いも受けずに、思いを遂げる者の方だという論法に通ずるものである。しかし、この論法ならばまだしも、ここで問題になっているケースは、問うた者も、答えた者も、当事者になりうるといったものである。不正な仕打ちを加える側に回ることは少ないとしても、不正な仕打ちを加えられる側に回らないとは、決して言い切れない。自分が、アルケタスの立場に立たされるということは、多かれ少なかれ、誰にでもありうることなのだ。

そういう場合に、いったい誰が、ソクラテスのように答えうるだろうか。実際、ソクラテスの判断を訝しく思ったポロスは、あらためて、そうすると、ソクラテス、あなたは、人に不正を加えるよりも、自分が不正を受けるほうが望ましいというのだろうか、と問い返す。ソクラテスは、答える。自分としては、できることなら、そのどちらの身にもなりたくない、しかし、どうしても人に不正を加えるか、それとも自分が不正を受けるか、どちらかをしなければならないとしたら、自分は、不正を加えるよりも、不正を加えられる方を選びたい、と。

ソクラテスが、人間の倫理について深く考えた一人であるとは、このことをいうのである。事実、彼は、この言葉どおりに、いわれのない罪によって告発され、死刑の判決を下される。身の潔白を弁明するものの、みずからに受けた不正をかこつことなく、毒杯を仰いで死んでゆく。

ソクラテスの、不正を加えるよりも、不正を加えられる方を選びたいという思いを顧みてみるならば、ここにはヘーゲルの、主人であるよりも奴隷に堕することを選びたいという考えが影を落としていることがわかる。たとえ奴隷に貶められても、黙々と何ものかをこの世界につくりだしていくという思いである。これが、たとえ、不正を加えられたとしても、よりよきものへと向かう人間のあり方に、価値を置こうとする考えから導かれた選択であることは、まちがいない。

問題は、不正を加えられたがために、取り返しのつかないことになったという思いにあるのではないか。そこに拘泥するとき、どこかで、恨みや反感といった情状に絡めとられてしまう。そのことが、ソクラテスにあっては、よくわきまえられているのだ。

歴史を、子を失った母親の愛惜にたとえた小林秀雄の考えに、そういう情状性が認められるというのではない。そうではなく、その愛惜や恨みといった場所から、取替え可能なものの前進を説く歴史観を批判したとしても、結局は、本質的な批判たりえないということなのだ。そういう完成された唯物史観こそ、取り返せないものをいかにして取り返すかという強い関心によって成り立っているからである。

むしろ、ソクラテスの論法で行けば、取り返しのつかないということに納得しない立場をとるよりも、取り返しのつかないということを、受け容れる立場をとることの方が望ましい。たとえ不正を加えられ、奴隷へと貶められるようなことがあったとしても、そのことを受け容れることによって、わずかでもよきことへと向かう心を育んでいく。そこに、倫理と歴史の開始点があるということになる。

後になって小林秀雄は、『本居宣長』において、死は「千引石《チビキイハ》」に隔てられて、再び還っては来ないものであり、だからこそ、死の測り知れない悲しみに浸りながら、おのずからみえてくるように死のかたちをつくりあげるほかはない、そこにこそ共同生活の精神というものが起ち上がる、とのべた。死の測り知れない悲しみに浸るとは、奴隷に貶められることを愛惜することではなく、それを受け容れるということである。そのことによって、わずかでもよきことへと向かうということなのである。

歴史の悪意に翻弄されながら、それを受け容れていった無数の声

森川雅美の「大文字ではない歴史の一番奥にあるもっとも小さな消された声」とは、主人であるよりも奴隷に堕することを選んだ声であり、たとえ不正を加えられ、奴隷へと貶められるようなことがあったとしても、そのことを受け容れることによって、わずかでも、ただしいこと、よきことへと向かう心を育んでいった声ということができるのではないか。

静かに雨が降りつもっている
静かに人の声が降りつもっている
遠くから響く地鳴りにも

似た声にいくつもの顔が中空に浮かび
人のいない街並みを過ぎていく
延々とした影たちの列が呼吸する
場所からうっすら剥がれていく記憶
の断片が流されていくから
伸ばした手に届く範囲の光を掬い
傷ついた足首の奥にまで綴る

無数に飛び交いつづける魂の
欠片が行く場所もなく漂えるなら
ゆっくりといたる処に見えない苦い
水嵩はなおも増しつづける
吹きすさぶ音階はいくつもの残像
が繰りかえすさざ波なのだと
切り刻むてのひらの粒子が
浮かびあがりいく度もくり返し弱る

コロナ・パンデミックの死者の数を、六八九万七〇一二人と記録した時、唯物史観はどのようにとらえるだろう。まずは、これを歴史の不合理を象徴する数とみなすであろう。だが、歴史は、不合理を乗り越えて発展してきたとするならば、縄文時代末、飛鳥から天平時代、幕末明治、第一次大戦後の大正時代、さらには令和とくりかえしパンデミックは起こって来たのであるから、この問題に限っては、唯物史観は成り立たないということにならないだろうか。

だが、人間社会は、古代から様々な生産様式をつくりだし、それを発展させることによって、支配階級を倒してきたのであるから、コロナ・ウィルスが人間社会を支配するようなことがあったとしても、必ずその原因を突き止め、それを撲滅することによって、社会は発展していく。こうして、唯物史観に誤りはないとされるのである。実際、唯物史観の立場に立つ中国の政策は、国家的な統制によって、パンデミックを乗り切るというものだった。中国からすれば、統制とは、コロナ患者の隔離と、厳重な規制を張りめぐらせるということだけではなく、そのことによって、いかにしてウィルスを撲滅するかという理念のもとに行われるべきものであった。

ここに、取り返しのつかない事態をいかにして取り返すかという思いが強く込められていることは疑いない。パンデミックは、乗り越えられるべき不正そのものだったのだ。だが、森川の詩にみとめられるのは、パンデミックによって現れた世界をまず受け容れるという姿勢である。「静かに雨が降りつもっている／静かに人の声が降りつもっている／遠くから響く地鳴りにも／似た声にいくつもの顔が中空に浮かび／人のいない街並みを過ぎていく」という詩句からうかがわれるのは、六八九万七〇一二人の死者たちが通り過ぎていく風景である。そこには、小林秀雄のいう子を失った母親の愛惜の思いに似たものが込められ、人類の巨大な恨みが込められているということもできる。
だが、「延々とした影たちの列が呼吸する／場所からうっすら剥がれていく記憶／の断片」や「無数に飛び交いつづける魂の／欠片」「吹きすさぶ音階」「繰りかえすさざ波」「切り刻むてのひらの粒子」といった詩語が示唆しているのは、「大文字ではない歴史の一番奥にあるもっとも小さな消された声」にほかならない。そして、この「声」こそが、死者たちの通り過ぎていく風景にあって、愛惜や恨みではなく、受容をあらわしているのである。そのことは、どうしても受け容れることができず、愛惜や恨みだけではなく、憎悪までもいだき続ける存在に言葉を届かせようとするところから明らかになる。

祈りの在処に刻まれる化膿
つづける癒えない傷口はさらに滞る
落下する暗部にまで語られる
眼底の淀みに反射する悪意を孕み
長く伸びていく触手が残酷な
振動とともに限りない魂を連れ去る
つよい光線にやがてお前の首
がいつまでも刈り取られていくまで

ゆっくりと蔓延るゆっくりと
蔓延っていく私たちの
繁茂する傷口に拡がりいく
深い穢れの恨みとして
複数の語れぬ声に呼ばれ
届かないまま幾つも不明になる
水の欠落をまだ覆う
砕けていく土器の破片

私たちも怨霊となり漂わん
打ち捨てられた誰かの透けた血は
晒されるままにたおやかな
晒されるままに円やかな
強い毒を振りまく傷口として
朽ちる細部に浸みいく幾つ
もの細胞の隅隅まで届き

「化膿」「癒えない傷口」「落下する暗部」「眼底の淀みに反射する悪意」「残酷な／振動」「深い

穢れの恨み」「砕けていく土器の破片」「私たちも怨霊となり漂わん」「打ち捨てられた誰かの透けた血」「強い毒を振りまく傷口」といった詩語が示しているものこそ、六八九万七〇一二人の死者の取り返しのつかなさへの思いであり、そこにあらわれる巨大な怨み、憎悪である。パンデミックを人類が被った測り知れない被害とみなす限り、このような感情からのがれることはできない。

森川は、そのことを明らかにすることによって、「大文字ではない歴史の一番奥にあるもっとも小さな消された声」とは、このような歴史の悪意ともいうべきものに翻弄されながら、それを受け容れていった無数の声であることを告げるのである。主人ではなく奴隷に貶められるというのは、そういうことにほかならない。そして、奴隷に貶められた者が、みずからの内なる「ゆるしがたさ」に気づいて、承認を求めようとするとは、取り返しのつかないものを取り返そうとするのではなく、取り返しのつかなさを受け容れることによって、わずかなりともよりよきものへと向かおうとすることなのである。

攻撃欲としてのタナトスと悪

コロナ・パンデミックに際して、ジョルジョ・アガンベンが述べた言葉を思い起こしてみよう。政府によって取られた例外的な緊急措置が「悲しいのは、この措置によって人間関係の零落が生み出されるということである。それが誰であろうと、大切な人であろうとも、その人に近づいても触ってもならず、その人と私たちとのあいだには距離を置かなければならない」（「感染」高桑和巳訳）という。ここには、中国に代表されるような唯物史観的な歴史意識についての根底的な批判があるといえる。

『アウシュヴィッツの残りのもの』（上村忠男・廣石正和訳）において、アガンベンは、アウシュヴィッツに象徴される極限状況では、人は、理由もなく意味もなく、すべての者が他人の代わりに死んだり、生きたりするのであって、死に臨んで、その赤面、その恥ずかしさ以外のいかなる意味も自分の死に見いだすことができないといっている。このアウシュヴィッツをコロナ・パンデミックと置き換えてみたらどうだろうか。程度の差はあれ、誰もが、他人の代わりに死んだり、生きたりしている状況が見えてこないだろうか。だからこそ、アガンベンは、社会統制の権力行使に通ずるようないかなる措置にも反対したのである。

人間を生きたまま死なせ、死んだまま生きさせる生政治や生権力が、現代社会を支配しているというのはフーコーの言説だが、フーコーが生政治や生権力をとなえるにあたって、私たちを死に至らしめるものを念頭に置いていたことは、まちがいない。『臨床医学の誕生』（神谷美恵子訳）のなかで、「人間が死ぬのは、彼が病気になったからではない。人間が病気になることがあるのは、根本的にいって、彼が死にうるものだからである」といったり「いまや死は、その存在自体において、病の源泉としてあらわれる。それは、生命に内在する可能性であって、しかも、生命より強く、生命を消耗させ、歪め、ついに消滅させる可能性としてあらわれる」といったりしたのは、そのことを予感していたからにほかならない。

ではその「死」とは何者なのか。フロイトのいうタナトスにほかならない。フロイトはこれに、「死の本能」とか「死の欲動」という言葉をあたえた。「生命は、生命のない物質から誕生したといわれているが、それが真実であるとするならば、生命を消滅させて、無機的な状態をふたたび作りだそうとする欲動もまた現れたはずだ」（『精神分析入門・続』中山元訳）と。ここから、タナトスは、フーコーのいう生命を消滅させる「死」に当たることが分かる。ただ、フロイトは、フーコーのようにこの「死」が、生病死の三角形の頂点に位置して、生命を消耗させ、歪め、ついに消滅させると考えるのではなく、欲動として現れ、自己破壊へとうながすと考えたのである。

さらに、このタナトスの根には何があるのかと考えていくなかで、「人間とは、攻撃されるとせいぜい自己防衛のできるような、やさしくて、愛を求める存在ではない。人間は人間に対して狼である」（『文化のなかの不安』吉田正巳訳）と考えるにいたる。彼らは、「やさしくて、愛を求める存在」などではなく、人を決してゆるすことができず、他人よりも優位に立つことに無上のよろこびを見出す存在にほかならない。タナトスが、彼らにそのような感情を植え付けるのか、そのような感情がタナトスを呼び込むのか、いずれにしろ、彼らは、あらゆる点において優位獲得競争に走らざるをえない。

フロイトは、そのような存在に対して「悪」の烙印を押す。「悪は、自我に有害な、もしくは危険なものではまったくなくて、それどころか、自我にとって望ましいもの、つまりは自我に快楽を与えるものでさえもある」（同前）。人間は「悪」という、存在そのものにしみついたエートスからのがれることができない。

このように考えてみるならば、フーコーのいう生権力や生政治が、私たちを死んだまま生きさせ、生きたまま死なせるのは、それがタナトスによって成り立っているからということができる。生病死の三角形の頂点に立つ「死」が生命を消耗させ、歪め、ついに消滅させるのも、私たちがタナトスからのがれることができないからにほかならない。いうならば、「死」とは、人間のなかの優位に立ちたいという欲望からやってくるものであって、現在のパンデミックが、そういう欲望がもたらしたさまざまな事態と無縁であるはずはない。

生権力や生政治の根源にアウシュヴィッツの極限状況を見出したアガンベンは、それが「悪」によって成り立っていることを直観していた。だからこそ、アウシュヴィッツにおいて最も虐げられた人々について語らずにいられなかったのだ。

彼らは、礼拝に際してひざまずき、手をバタンバタンとするイスラム教徒のような動作しかすることができなくなったため、その俗称であるムーゼルマンの名で呼ばれたという。「歩く死体」であり「生けるしかばね」であり「顔のない存在」であるこのムーゼルマンについて、アガンベンは、「人間と非‐人間のあいだの閾の存在を指し示しているのである」と述べたうえで、次のようにいう。

アウシュヴィッツでは、人が死んだのではなく、死体が生産されたのである。その死亡が流れ作業による生産にまで貶められた、死のない死体、非‐人間、一つの可能な、一般に流布している解釈によれば、この死の零落こそが、アウシュヴィッツに特有の凌辱、その恐怖に

特有の名であるということになる。(同前)

この「凌辱」をもたらしたものこそが、「悪」という、存在そのものにしみついたエートスではないだろうか。フロイトが、そこに攻撃欲と優位を求める欲望を読み取ったのは、第一次世界大戦に参戦した兵士たちの重度の神経症からだった。「悪」とは、世界戦争の記憶から現れてきたものといえるのだ。

そう考えてみるならば、アガンベンがコロナ禍において、あれほどまでに規制という名の統制に警鐘を鳴らした理由がより明らかになってくる。たとえ、新型コロナウィルスがタナトスによってあらわれ、次々に感染を拡大させていくとしても、権力によって統制することだけはしてはならない、それをすることは、コロナ患者をムーゼルマンと同様の「歩く死体」に変えていくことだからである。彼らを「生けるしかばね」に変え、「顔のない存在」に変えていくのは、新型コロナウィルスに名を借りた「死」の権力であり、「死」の政治であるというのが、アガンベンのいおうとするところなのだ。

第六章　重度の神と共に生きるということ

――宮尾節子・佐藤幹夫『明日戦争がはじまる【対話篇】』

言葉を奪われた存在

宮尾節子の詩「明日戦争がはじまる」は、一〇年ほど前にツイッターに投稿されるや、大きな反響を呼び、たくさんの人に読まれるようになった。きっかけは、当時の安倍政権が進める集団的自衛権の行使容認に反対して新宿駅南口で、焼身自殺をくわだてた男性の報道だったという。これがＳＮＳで流されても、あまり関心をもたれなかったということを知った宮尾節子は、以前につくった自分の詩をツイッターに投稿したというのである。

まいにち
満員電車に乗って
人を人とも
思わなくなった

インターネットの
掲示板のカキコミで
心を心とも
思わなくなった

虐待死や
自殺のひんぱつに
命を命と
思わなくなった

じゅんび
は
ばっちりだ

戦争を戦争と
思わなくなるために
いよいよ
明日戦争がはじまる

自分のことにしか関心を持てないため、焼身自殺を試みた男性のことに関心をもつことができなくなった人々の心には「戦争を戦争と／思わなくなる」ような無関心が広がっていく。そのような無関心のなかで「明日戦争がはじまる」。二年前のロシアによるウクライナ侵攻をきっかけに始まったウクライナ戦争も、昨年のイスラム原理主義ハマスによるイスラエル攻撃を機に始まった、ガザ・イスラエル戦争も、この宮尾の言葉によって言い当てられている。

ロシアとウクライナ、ハマスとイスラエル、彼らの攻撃や戦いにはそれなりの理由があるように見える。だが、結局のところ「人を人とも／思わなくなった」「心を心とも／思わなくなった」「命を命と／思わなくなった」ために起こったものといわなければならない。そこには、主人たらんとする欲望が渦巻いているだけで、奴隷に堕することによって黙々と何ものかをつくりだしていこうという思いは、どこにも認めることができない。人を人と思い、心を心と思い、命を命と思うことができるのは、自分を主人ではなく奴隷と思うことからはじまる。

宮尾節子・佐藤幹夫『明日戦争がはじまる【対話篇】』には、まずそのことが深く刻み込まれている。詩人の宮尾節子のスタイルが、言葉・事象・言葉であるとするならば、『津久井やまゆり園「優生テロ」事件、その深層とその後　戦争と福祉と優生思想』を著わしたノンフィクション作家である佐藤幹夫のスタイルは、事象・言葉・事象であるといっていい。津久井やまゆり園重度知的障害者殺害事件の犯人である植松聖にとって、殺害の動機は、その障害者の「しゃべれるか、しゃべれないか」であったという。佐藤は、そのような植松の動機が明らかにするのは、殺害された人々だけではなく、重度知的障害者とは、根本的に言葉を奪われた存在であるということではないかという。

植松死刑囚の行動は、ナチス・ドイツの「T・4作戦」と同じ思想に拠っている、と繰り返し指摘されてきました。そのとおりなのですが、ナチス関係の文献を調べれば調べるほど、〈生き残った人々〉が自分の言葉を根こそぎに奪われていること、それを取り戻すために、どれほどの時間と、苦痛この上ない内的作業を経なくてはならなかったか、その凄まじさに圧倒されます。

「名前を奪われた被害者をどう記録するか」という課題に、さらに加えておかなくてはならないことは、被害者たちが、つまりは「重度知的障害者」という存在が、「言葉をもたない」世界を生きる人たちだということです。生まれ落ちたときからいわゆる「言葉」をもたず、一言も発しないいまま生涯を終えていく。多くはそういう存在です。そういう存在が、死して後に名前を奪われた、生きてきた軌跡も奪われた。その彼らをどう「記録」できるのか。

（『津久井やまゆり園「優生テロ」事件、その深層とその後　戦争と福祉と優生思想』）

「T・4作戦」とは、一九三〇年代後半から、ナチス・ドイツにおいて行われた精神障害者や身体障害者に対する「強制的な安楽死」政策である。これに対して、植松聖のおこなったのは、恣意的な殺害にほかならない。にもかかわらず、それは「T・4作戦」以上に、「言葉をもたない」世界を生きる人々から、言葉だけでなく、名前を奪い生きた軌跡を奪う行いであると佐藤はいうのである。いわば、彼らは、生まれ落ちたときから、主人であることから見放され、永久に奴隷としての生を選ばされた人々ということができる。そのことが、植松にとって殺害の動機であったとするならば、植松聖とは、徹底して主人たろうとした人間であるといわなければならない。

重度の神

人を決してゆるすことができず、他人よりも優位に立つことに無上のよろこびを見出す存在、それに対して、そのような存在によって殺害された奴隷としての存在を、宮尾は「重度の神」と呼ぶ。

声なき声をあなたが
聞けば
声なき声は、あなたの声になった。
声なき声をわたしが
聞けば

声なき声は、わたしの声になった。

果たしてそれでよかったか、声なき声は
答えない。
声なき声は風に吹かれた
青い梢のように
否、と激しく首をふる。

声なき声は花を咲かせた。
赤い椿のように
諾、と頷き地に落ちる。

声なき声は
今日も誰かの楽器になって
違った歌を歌われる。

声なき声は
今日も誰かの道具になって

本当の名前を奪われる。
今日も神のごとくに、答えない。
声なき声は、声なき声は
シャベレルカ、
シャベレナイカ、
今日も神は、重度の神は
障害をお持ちの方であるかのように。

おまえになぞ、
おまえになんぞ、答えはしない。
（「重度の神」）

「重度の神」とはいったい誰のことだろう。植松聖によって、「しゃべれるか、しゃべれないか」を問われ、ついに声を発することができないために殺害された重度知的障害者を指すのだろうか。彼は、その時沈黙した神に出会った。そういう存在として、殺されていったのである。それでは、なぜその時、神は沈黙していたのか。

イエス・キリストは、十字架にかけられたときに、おまえが本当に神の子であるならば、その十字架からおりて来いという群衆の声に、一切答えなかった。言葉を発することができなかったのである。だが、息絶えるその間際に、「わが神よ、わが神よ、なぜ私を見捨てられたのですか」という言葉を発した。イエスは、最後の最後に、神への嘆きと恨みの言葉を発したとされる。

これに対して、植松聖に殺害された重度知的障害者は、最後の最後まで声を発することができなかった、それほどまでに言葉を奪われていたのである。そのような存在を「重度の神」と名づけることができるとするならば、それはなぜなのだろうか。

端的に言って、「わが神よ、わが神よ、なぜ私を見捨てられたのですか」と問われた神が、こたえることができなかったのは、神自身が言葉を奪われ、声を発することができなかったからである。つまり、沈黙する神こそが「重度の」障害を抱えているような存在だったからだ。スラヴォイ・ジジェクは、神は全能なのではなく、「父なる神その人が、自身の全能の限界につまづ」(『信じるということ』松浦俊輔訳)くということによってしか、神は私たちを助けることができない、とのべている。つまり、神は「重度の神」であることによってしか、私たちを助けることはできないということである。

そのように考えるならば、「しゃべれるか、しゃべれないか」を問われ、ついに声を発することができないために殺害された重度知的障害者を救うことができるのは、この「重度の神」である。いいかえるならば、言葉を奪われ、見捨てられた「重度の神」を救うのは自分自身の全能の限界につまずいて、沈黙するほかにすべをもたない「重度の神」なのである。ここにあるのは、最も貶められた奴隷を救うのは、奴隷に堕することによってしか主人であることができない存在にほかならないというパラドクスである。

苦痛と恐怖に打ち勝って地上の永遠の生を信じていく

ドストエフスキーの『悪霊』に登場する無神論者キリーロフは、「神」についてこんな言葉を述べる。

「生は苦痛です。生は、恐怖です、だから人間は不幸なんです」。「いまは生が、苦痛や恐怖を代償に与えられている、ここにいっさいの欺瞞のもとがあるわけです。いまの人間はまだ人間じゃない。幸福で、誇り高い新しい人間が出てきますよ」。「苦痛と恐怖に打ちかつものが、みずから神になる。そして、あの神はいなくなる」。「神はいないが、神はいるんです。石に痛みはないが、石からの恐怖には痛みがある。神は死の恐怖の痛みですよ。痛みと恐怖に打ちかつものが、みずから神になる。そのとき新しい生が、新しい人間が、新しいいっさいが生まれる」。（江川卓訳）

キリーロフが語るところの、苦痛と恐怖に打ち勝って地上の永遠の生を信じていく、誇り高い新しい人間。この「人神」と呼ばれる者こそが、「神」を殺し、「神」に成り代わってゆく存在なのだ。そのことは、キリーロフの人神理論が、苦痛と恐怖に打ち勝つための必要不可欠の手段として自殺を奉じていることからも明らかだ。キリーロフにとって、「神」を殺し、「神」に成り代わることは、おのれの存在をこの世界から消し去ることなのである。いっさいの恐怖から解かれて、死に赴いていくというそのことによって、「神」に成り代わっていくのである。

ここには、同じドストエフスキーの『白痴』に登場する不治の病で死を約束された十八歳の少年イッポリートの存在が影を落としている。死が避けられないものであることを知ったイッポリートは、キリーロフと同様に自殺を試みるのだが、彼のなかにあるのは、苦痛と恐怖に打ち勝ち、世界のすべてを肯定するという動機ではない。むしろ、この自分だけを容赦なく消し去って、平然と明けていく世界を決して受け容れることはできないという思いである。にもかかわらず、キリーロフとイッポリートの自殺の動機が一致するのは、「神」によってつくられたというこの世界の秩序の認めがたさという点においてである。

イッポリートが、それを十字架から降ろされたばかりのキリストの無惨な姿を描いたホルバインの絵のなかに読み取ったように、キリーロフもまた、このキリストの死のあがなわれなさに見出す。

この地上にある一日があり、大地の中央に三本の十字架が立っていた。十字架に掛けられていた一人がその強い信仰のゆえに、他の一人に向かって、「おまえはきょう私と一緒に天国へ行くだろう」と言った。一日が終り、二人は死んで、旅路についたが、天国も復活も見出すことができなかった。予言は当たらなかったのだ。いいかね、この人は地上における最高の人間で、この大地の存在の目的をなすほどの人だった。全地球が、その上のいっさいを含めて、この人なしには、狂気そのものでしかないほどだった。後にも先にも、これほどの人物はついに現れなかったし、奇蹟とも言えるほどだった。このような人がそれまでにも現れなかったし、今後も現れないだろうという点が、奇蹟だったのだ。ところで、もしそうなら、つまり自然の法則がこの人にさえあわれみをかけず、自身の生み出した奇蹟をさえいつくしむことなく、この人をも虚偽のうちに生き、虚偽のうちに死なしめたとするなら、当然、全地球が虚偽であって、虚偽の上に、愚かな嘲笑《ちょうしょう》の上にこそ成り立っているということになる。

キリストの無惨な死に、貪欲あくなき唖の獣のような自然の姿を見出したイッポリートは、そういう、世界の法則によって約束されたみずからの死を打ち破るために、ピストル自殺を試みた。これに対して、キリーロフには、キリストの死を贖うことのなかった「神」の存在を、決して受け容れることができないという思いがある。キリーロフにとって、この世界に「神」は存在してはならないのだ。それにもかかわらず、この世界が、恐怖と不幸に染められているだけでなく、すべてがすばらしいと思えるような幸福をもたらすときがある。キリーロフは、この矛盾を解くためにも、みずからが「神」にならなければならないと考える。「神」であることの証として、なんらの苦痛も怖れもなく、むしろ至福の思いのもとに自分で自分を殺して見せなければならないのである。自殺とは、まさにその手段にほかならない。

どうか私たちのそばを素通りして、私たちの幸福を赦してください

こういうキリーロフを、主人と奴隷の承認をめぐる闘いにおいて、主人たろうとする者ということができるだろうか。少なくとも、イッポリートは、みずからが奴隷に貶められることを決して肯うことができないということによって、最終的には、自己自身に対して主人であろうとした。だが、キリーロフにとって、奴隷に堕することができないのは、キリストの死を贖うことのなかった「神」の存在を、決して受け容れることができないからであった。つまり、キリストを奴隷に堕せしめたままにして、みずからは主人としての立場を通した「神」の存在を受け容れることができないからということである。

そのことにおいて、キリーロフはみずから主人たらんとしたとするならば、「神」を「重度の神」と認めることができなかったからといわなければならない。愛惜からも恨みからも憎しみからも解放されたキリーロフという人物をつくりだしながら、彼のなかにある「自尊」「自恃」だけは解体しなかったドストエフスキーにとって、それこそが、彼を主人の位置にとどめざるを得なかった最大の理由なのである。

それでは、奴隷に堕することを受け容れる人物とは誰であろうか。決して奴隷に堕しまいとするイッポリートの言葉に答えるムイシュキンの言葉に耳を傾けてみよう。

「あなたがたはみんなこのぼくをまるで……まるで陶器の茶碗みたいにびくびくしながら扱っているようですね……なにかまいません、かまいません、ぼくは怒りゃしませんよ」。「もっともどうやら、ぼくはできるだけ早く死ななくちゃならんのですよ、でなければ、ぼく自身で……いや、放っといてください。失礼します。ところで……ああ、そうそう。いや、ひとつ教えてくれませんか、どうしたらいちばんいい死に方ができるでしょうね？　つまりその、どうしたらできるだけ人の役に立つ死に方ができるでしょうね、さあ、教えてくださ い！」

（木村浩訳）

このイポリートの問いかけに対して、ムイシュキンの口からこんな言葉が出てくるのである。

「どうか私たちのそばを素通りして、私たちの幸福を赦してください」公爵は静かな声で言った。

彼のいう「幸福」は、キリーロフのいう「すべてがすばらしいと思えるような幸福」ではない。むしろ市井の生活を営み、そのなかで、たがいに慈しみ合いながら、小さなもの、弱いもの、はかないものをいとおしんでいくことから生まれる「幸福」である。青木由弥子は、これを公《おおやけ》に対して私《わたくし》とみなしたのだが、主人たろうとする者たちの渦巻くなかで、そのような私《わたくし》の立場を受け容れることこそが、「神」を「重度の神」として受け容れることであり、言葉を奪われ、どのような声も発することができないため、殺害された重度知的障害者の痛みや苦しみを共にすることなのである。

性暴力は戦争の一部である

このような「重度の神」を受け容れることができなくなった時、「戦争を戦争と／思わなくなる」ような無関心が広がっていく。そのような無関心のなかで「明日戦争がはじまる」。

「戦争」が起こると、人々は否応なく「現実」というものの力に〝思い当たらされる〟のだ。それはちょうど、死の病を宣告された人間がはじめて「死」というものの「現実性」に思い当たるのと酷似している。逆に言えば、人間が「死」に直面してはじめて自らの実存の様態に思い当たるように、私たちは「戦争」という事態に向き合って、はじめて「現実」の「現実性」というものに思い当たる。つまり、「死」が実存の基礎をなしているように、「戦争」は世界の秩序の基礎をなしているのだ。そして人間が普段「死」を忘れているように、わたしたちも普段は（平和な時は）、「戦争」が暴露するかもしれない世界の「現実性」を忘れているのである。

（竹田青嗣「欲望の現象学」）

「戦争」が暴露するかもしれない世界の「現実性」とは、まさに主人と奴隷の際限のない闘争ということである。だれも、平和な時に、私たちが日々そのような闘争を行っているとは考えない。にもかかわらず、それが現実であるとするならば、「戦争」のない「平和」のなかで起こった「津久井やまゆり園重度知的障害者殺傷事件」や、「安倍晋三元首相殺害事件」は、「戦争」の現実を先取りしているとさえいえる。佐藤幹夫は、こんなふうにいう。

「いってみれば、利権、既得権益、ポスト、談合、癒着、賄賂、腹芸という自民党政治が形を変えながら延命させてきた前近代的な政治的体質が、〝飛びきりの〟二代目の、純粋培養された超権力的エリートだったからこそ剝き出しになって現れた。それが『安倍晋三』という政治家であり、彼の政治手法だったのではないか」。

「植松聖と山上徹也という二人の青年を見ていると、戦場の兵士が大きなボタンの掛け違いを経て、この平成・令和の日常のなかに突如として現れてしまった、そんな思いが湧いてくるのを、どうしても禁じ得ません。一人は安倍元総理に仕える忠実なコマンドとして、もう一人は元総理を執拗に狙い続けたスナイパーとして。

これが戦争になだれ込んでいく予兆でないことを、心から願うばかりです」。

植松聖と山上徹也という二人の青年を安倍元総理に仕える忠実なコマンド、元総理を執拗に狙い続けたスナイパーとみなす佐藤は、利権、既得権益、ポスト、談合、癒着、賄賂、腹芸といった自民党の政治的体質に対して、彼らが、本質的な批判者とはなりえないありかたを認める。衆議院議長公邸に、障害者の大量殺人を予告する内容の手紙を持参した植松聖も、自民党政治と癒着することによって信者を獲得してきた旧統一教会への怨恨からのがれることのできなかった山上徹也も、主人であることを過度に欲望した者であり、奴隷に堕することを徹底的に拒否した者にほかならない。そのような存在によって「平和」を揺るがすような事件が起こるとき、佐藤のいうようにして「これが戦争になだれ込んでいく予兆でないことを、心から願う」ほかない。

にもかかわらず、予兆が現実となるとき、重度知的障害者の殺害や元首相の狙撃に似た、銃撃や殺害が起こることはもちろんのこと、あるとあらゆる暴力や虐待、拷問や殺戮が繰りかえされる。なかでも、「戦争」と切っても切り離せないのは、女性への性暴力であるという。

ロシア軍に一時的に占領されていた地域、マウリポリやヘルソンやさまざまな街をウクライナ軍が取り戻すたびに、明らかになり晒される醜悪な事実です。ロシア兵士によってなされたウクライナ人への暴力や虐待、拷問や殺戮の痕跡。占領地で繰り広げる捕虜や民間人への暴力。とくに女性への暴行やレイプなどの性被害です。兵士たちは戦場でなぜ、敵を倒す目的以外に、そんな戦利品をもてあそぶような酷いことをしてしまうのだろう。祖国のためという立派な大義の場で同時に個人の暴力や性欲が野放しになる。その「なぜ」が残った。

宮尾節子

性暴力は戦争の一部である。戦意高揚は男性性を強く鼓舞し、そのことは性暴力への垣根を低くする要因となる。つまり戦時性暴力は兵士個々の問題であるとか倫理性の問題であるとかいう以上に、いかに戦争に深く内在し、その一部となっているか。戦争が戦争である限り、軍隊が軍隊である限り、この本質は揺るがない。

佐藤幹夫

兵士たちは戦場で、なぜ、敵を倒す目的以外に、女性への暴行やレイプなどを平然と行ってやまないのか。戦時性暴力は兵士個々の問題であるとか倫理性の問題であるとかいう以上に、戦争に深く内在し、その一部となった根源的な暴力にほかならない。

主人であろうとする過激なまでの欲望

宮尾節子は、この暴力を明らかにすべく、フロイトの次の一節をひく。

人間には二つの欲動がプログラムされている、二つとは生を統一し、保存しようとする「生の欲動（エロス）」と、破壊し、殺害しようとする「死の欲動（タナトス）」である。

（『人はなぜ戦争をするのか（フロイト・アインシュタイン往復書簡）』中山元訳）

フロイトは、晩年の論文「人間モーセと一神教」において、モーセ殺害という独特の考えを述べる。旧約聖書の「出エジプト記」には、モーセが、エジプトにおいて抑圧されていたユダヤ人たちを連れて、エジプトを脱出し、シナイ山において十の戒めをあたえたということが述べられている。

フロイトによれば、エジプトの地で抑圧されていたユダヤ人というのは、決して信仰厚いアブラハムの末裔のような人びとではない。もともと、パレスチナの地に住んでユダヤ教のエートスの中で生活していたにもかかわらず、隣国のエジプトの繁栄に引き寄せられてかの地に移り住み、一獲千金を夢見たような、ある意味では頽落した人びとなのである。

そういうユダヤ人たちに、モーセはもう一度、アブラハムの信仰をよみがえらせ、それだけでなく、エジプト第十八王朝の王イクナートンの唱える愛の宗教を授けようとした。ところが、このユダヤ人たちは、目先の利益やおのれの欲望、さらには他人を嫉妬し、憎悪する性向からのがれることができず、モーセの授けた愛と正義と真理の教えを受け入れることができなかった。その結果として、彼らはモーセを殺害し、偽のヤーヴェを祭り上げることによって、アブラハムの信仰とはまったく縁のないユダヤ教をつくりあげていった。

このようなフロイトの解釈は、「出エジプト記」のどこからも引き出すことはできない。その意味では荒唐無稽なものといわざるをえない。しかし、このユダヤ人たちのモーセ殺害の根にはたらいていたものこそ攻撃衝動《タナトス》だったということになると、話は変わってくる。

つまり、攻撃衝動《タナトス》とは他者に攻撃をくわえようとする衝動というだけでなく、その根底には、嫉妬や憎悪や屈辱やといった反動感情が渦巻いているということになる。

だいたいにして、繁栄するエジプトに移り住んで一攫千金を夢見るユダヤ人自体が、野望と怨望からのがれることのできない人々だったのである。そして、このような他者に対する羨望や嫉妬や憎悪や優位に立ちたいという欲望こそが、攻撃衝動《タナトス》の根にははたらいているのだとフロイトは考えたのだ。

この、いわば民衆や群衆といわれる者たちの死の衝動《タナトス》＝攻撃衝動《タナトス》こそが、後になってイエス＝キリストを十字架につけることを促し、イエス殺害に手を貸した当のものにほかならない。モーセ殺害は、イエスの十字架上の死において反復されたのだというのが、フロイトの考えである。

そうすると、戦争の原因はどこにあるかということについて、フロイトは人間の無意識の攻撃衝動《タナトス》にもとめたといえるのだが、実際には、人間の中にある他人より優位に立ちたいという欲望、さらにはそこから派生する嫉妬や羨望や憎悪というものにあると考えたといえる。直接的に、そのような反動感情が戦争をもたらすというのではなく、そういう心理をかかえた民衆や群衆を扇動することによって、国家権力が打ち立てられ、それが他国を侵略し、侵害しようとするとき戦争が起こると考えた。

こうしてみるならば、野望と怨望からのがれることのできない人々、他者に対する羨望や嫉妬や憎悪や優位に立ちたいという欲望からのがれられない人々こそが、敵を前にして、暴力や虐待、拷問や殺戮をおこない、女性への暴行やレイプを平然と行うということが明らかになる。民衆や群衆といわれる者たちを戦争へと駆り立てるのが、死の衝動《タナトス》＝攻撃衝動であるとするならば、国家やナショナリズムの根底にこそ、そのような衝動が隠されているといわなければならない。

いや、敵対する国家やナショナリズムに対して、決して負けられない、何があっても勝たねばならない、つまりは、奴隷の屈辱だけは味わってはならないという思いの根の根にあるものこそが、戦時性暴力を引き起こす原因なのである。なぜなら、女性への暴行やレイプによって。性的欲望が満足させられるだけでなく、そこで満たされるのは、主人であろうとする過激なまでの欲望であるからだ。

フロイトは、参戦した兵士たちのすべてがそのような欲望にとらえられているとは考えなかった。兵士たちのなかには、復員するや強度の神経症にかかってフロイトのもとにやってくる者たちがいた。それを、戦争神経症と名づけたのだが、戦争神経症に苦しむ元兵士たちは、自分のなかにそのような感情を見出しているのではなく、そういうものによって戦争のような大事態が引き起こされ、そこに自分が呑み込まれていったということに苛まれていたのである。それだけでなく、自分だけは何とか生還したものの、その巨きな闇に没して二度と還ることのできなくなった者たちへの罪責感からものがれられなくなった。

彼らは、戦争という極限状況にあって、どのようにしても主人となることができず、公《おおやけ》を生きることができないために、精神の崩壊にいたった者たちといえる。とするならば、奴隷となって私《わたくし》を生きるとは、彼らの心の苦しみや痛みを共にするということにほかならない。「重度の神」と共に生きるとはそういうことなのである。

第七章　母親からの疎外――藤井貞和『物語論』

阿闍世《アジャセ》の物語

フロイト晩年の『人間モーセと一神教』から、民衆や群衆といわれる者たちを戦争へと駆り立てるのが、死の衝動《タナトス》＝攻撃衝動であるという考えを導きだしてきた。しかし、私は、この民衆や群衆を十把一絡げにして「悪」とみなしているわけではない。『革命とは何か』のアレントの言葉を借りるならば、彼らのなかに「絶対的多数の群衆の際限ない苦悩」を見出すのではなく、あくまでも「一人の人間の不幸の特殊性」を見出さなければならないと考えてきた。

フロイト前期のエディプス・コンプレックス論は、まさに後者の視点から考え出されたものである。母親に対する性的な欲動からのがれられないために、父親への殺害欲望にとらえられる人間の不幸を、ギリシア神話のオイディプス王の悲劇から読み取ったフロイトは、人間の生誕を、母親との一体感の喪失とみなしていた。エディプス・コンプレックスにとらわれ、精神に異常をきたす人間とは、母親との一体感の喪失が、みずからの存在根拠の喪失に通ずるという思いにとらわれた人間なのである。

フロイトは、彼らのなかにある罪責意識に注目したのだが、それは父殺しの欲望からやってくるだけではなく、生誕そのものが過ちだったのではないかという思いに由来するものと考えていた。そこには、母親と一体化しなければ、どうしても存在することができないという思いがあった。この思いからするならば、生誕とは、母親とのエロスを切断し、存在の根拠を剥奪するものにほかならないのである。

それでは、フロイトは、母親との一体化に固執する人間のなかに何を見ていたのだろうか。生誕に際して母親とのエロスを得られないために闇に消えていった者への思いである。もし、母親とのエロスをたもちえないならば、自分もまた、彼らと同じように闇に消えていったにちがいないという観念といっていい。そのような強迫観念にとらえられているがゆえに、彼らは、生誕の後も、母親へのエロス的な欲望からのがれられないのである、と。

フロイトが、みずからのエディプス・コンプレックス論をこのような「一人の人間の不幸の特殊性」からとらえるきっかけとなったのは、古澤平作の阿闍世《アジャセ》コンプレックスと出会ったことである。母親によってみずからの生誕を疎まれ、父親によって殺害されることを知ったために、母親を幽閉し、父親を殺害した阿闍世《アジャセ》王の物語をフロイトに提示した古澤は、母親との一体化ではなく、母親との葛藤を、精神的な変調の原因と考えていた。

これを受けたフロイトは、この阿闍世《アジャセ》のなかに根源的な死の衝動《タナトス》=攻撃衝動を見出したのである。死の衝動《タナトス》=攻撃衝動からのがれられない人間とは、母親との一体感を得ることができず、闇に消えるはずであった者にほかならない。母親との一体化に固執する人間とは異なって、彼らのなかには、母親からの根源的な疎外感があるにちがいないとフロイトは考えたのである。

このことを示唆してくれたのは、藤井貞和の『物語論』である。藤井は、そこでこんな指摘を行う。

エディプス・コンプレックス理論に対抗して、日本社会から見出されたのが阿闍世コンプレックスという理論であった。阿闍世というのは古代インド、マガダ国の王で、悪人だったということになっている。「観無量寿経」という、浄土宗などで重視された仏典を見ると、阿闍世王によって幽閉された母（韋提希《いだいけ》）が、阿弥陀来迎を祈念するしかたや理法を仏より学ぶ、という趣旨のお経であるから、まごうことなき〝母殺し〟説話となっている。

ドイツに留学していた心理学徒の古澤平作は、日本社会を母親との心理的葛藤の強い文化と見て取って、仏典から「観無量寿経」のほかに『大般涅槃経《だいはつねはんきょう》』と、それに浄土真宗の祖である親鸞の著述とを使って、阿闍世コンプレックス論に構成し立て、エディプス・コンプレックス理論で名高いフロイトに、それを直接、提出した。一九三二年のことだったという。

ここで、親鸞の著述といわれているのは、『教行信証』である。藤井によれば、「古澤平作は、日本社会を母親との心理的葛藤の強い文化と見て取っ」たということになるが、そうだとするならば、フロイトは、この阿闍世《アジャセ》の物語のなかから、親鸞の悪人正機に通ずるものを引き出したということができる。フロイトのタナトス論の根底には、親鸞の悪人に対する独特のまなざしが生きているということもできるのである。

「憎悪」と「復讐心」にとらえられた人間

実際、親鸞は、法然の専修念仏の考えに惹かれ、これを深めていきたいと思っていた矢先に、既成仏教教団の誣告に遭い、後鳥羽院によって越後に流される。だが、東国での布教の合間、既成仏教教団と後鳥羽院への恨みの思いからのがれることができず、様々な仏典をひらき、『教行信証』に取り組むのである。

東国の衆生の飢饉や飢餓に苦しんでいる有様を目の当たりにするにつけ、親鸞は、専修念仏の考えを広めるのだが、衆生のなかの最も辛い立場に追いやられた人々、差別され、虐げられた人々の背後には、彼らを差別し、虐げることに何の痛痒も感じない人々がいるということに気がつく。親鸞は、『教行信証』に取り組むなかで、このような根深い恨みにとらえられた人間は、どのようにすれば救われるのかと問いかける。そのなかで、「憎悪」と「復讐心」にとらえられて、父殺しに及んだ人間をまえに「阿闍世《アジャセ》に罪はない」と語った釈迦の言葉に出会うのである。

フロイトは、このような親鸞の思いを深いところで共有していた。死の衝動《タナトス》＝攻撃衝動にとらえられる人間とは、根本的に、母親との一体感を得ることができず、闇に消えるはずであったという意識からのがれることができない者なのである。それゆえに、みずからのうちに「憎悪」と「復讐心」をはぐくまずにいられないのだ。

民衆や群衆といわれる者たちをモッブとかデクラッセといったアレントもまたこのような思い

を抱いていた。彼らは、生誕を過ちとみなす思いにとらえれているため、階級からも、社会からも脱落していかざるをえないのである。いや、階級や社会から脱落していくからこそ、みずからの無意識の奥から母親からの疎外感を引き出し、死の衝動《タナトス》＝攻撃衝動をはぐくまざるをえないのである。

　こう考えるならば、戦争へと駆り立てるのは、人間のなかにある生誕を過ちとみなす思いにほかならないということになる。だが、それでは、私たちの歴史は、戦争からのがれることはできないということになってしまう。ベンヤミンは、国家や法を措定する暴力を神話的暴力と名づけた。それは、運命的な力で国家を駆り立て、戦争へと向かわせる力と考えることができる。だが、一方において、ベンヤミンは、神的暴力というものについて語った。この暴力は、生命の根源に根ざした純粋な力であり、「罪あるもののあがないのためにいけにえとして死んでいく」（『ゲーテ　親和力』高木久雄訳）存在のうちに、その力が体現されるという。

　ベンヤミンは、ゲーテの『親和力』から、三角関係のもたらした悲劇から入水死するオッティーリエを取り出しながら、このように述べるのだが、これに対して、藤井貞和は、薫と匂宮の愛に苦悩して入水自殺を試みる『源氏物語』の浮舟について語る。

悲劇を演じる女たち

『源氏物語』についての藤井貞和の理論の目覚ましさは、誰もが認めるところだが、私からすれば、紫式部が、この物語を書くにあたって阿闍世《アジャセ》の物語から大きな影響を受けていたという藤井の指摘ほど画期的なものはない。

日本古代社会にあって、物語をどう読むか、そのころ出されていた「現代のエスプリ」シリーズなどにしがみつきながら、未生怨＝阿闍世コンプレックスからの読解の可能性に向かってゆくことになる。

「いかなりける事にかは、何の契りにて、かうやすからぬ思ひ添ひたる身にしもなり出でけん。せんけう太子《たいし》の我身《わがみ》に問ひけん悟りをも得てしかな」。

とぞひとりごたれ給ひける。

おぼつかな。たれに問はまし。いかにしてはじめもはても知らぬわが身ぞ

（匂兵部卿、七―二四頁）

[「どんな経過の出来事であるのかしら。何の約束事で、かように不安な思いがつきまとうている身として生まれ出たのだろう。せんけう太子が自分の身に問うたとかいう悟りをも手にいれたいことよ」とまあ、独り言が口を衝いて出てこられたということだ。

（薫歌）

ああ、はっきりわからない。だれに問えばよいのか。どのようなわけで生まれも終わりもわからない自分の身であることぞ]

みぎは出生の秘密をわからない薫の君の自問である。薫はもの心ついて、尼姿の母をまの

あたりにする。薫出生と引き換えの、母の出家が秘密の根源にあるらしいという事態を、子はどう受け止めたらよいのであろうか。物語にあまりにも頻見する、母を失いやすい子どもたちの感情を、われわれは一群のコンプレックスと見なおして、きちんと読解の内部に取りこむべきだろうという気がする。

原文が「せんけうたいし」とあって、注釈書としては「善巧」を宛てたり、ここだけ他の本に「くいたいし」とあるのによって解釈されたり、そういう読みが行われるにしても、もしかしたらここには阿闍世説話そのものを思いだすべきところではないか。

「せんけう」は「せんけん」ではないか（「う」と「ん」とは適用する）として、「善見王（善見太子）に思いあてようとしていた寺子屋教室会員たちの意見を私はいまに忘れることができない。阿闍世コンプレックスどころか、善見太子つまり阿闍世説話をずばり薫は思い浮かべているのだ。

藤井は、出生の秘密にこだわる薫のなかに、阿闍世の思いを読み取り、その奥に母親からの疎外を読み取る。それは、決して死の衝動《タナトス》＝攻撃衝動へと向かうのではないのだが、薫の無意識の奥に根源的不安を読み取っているということができる。

私の考えでは、このような不安は、光源氏の無意識の奥に隠されたものでもあった。光源氏は都を離れ、須磨で謹慎生活を送っていたのだが、夢に亡き父・桐壺院が現れる。

「どうしてこのようなむさ苦しい所にいるのか。住吉の神の導くままに、早く船出して、ここを立ち去りなさい」父は源氏の手を取り、優しく立ち上がらせなさった。

「父上とお別れしましてからこの方、悲しいことばかり多く、私は、いっそこのまま この渚に身を投げ捨てとうございます」。

「とんでもないことだ。これはただほんのささいなことの報いなのだ。私が帝であった時、世を治めることに過ちはなかったが、知らず知らずに犯した罪があったので、死後いとまなくその償いをしている。そのために、この世を顧みないでいたが、おまえが悲しんでいるのを見るにつけ、耐えきれなくて、海に入り、渚にのぼり、いたく困憊したものの、こうした機会に内裏に奏すべきことあるにより、急ぎ京に上る」といって、立ち去りなされようとした。

「私もお供させてください」と泣き崩れたが、見上げると人もなく、月の面のみきらきら輝いていた。

（「明石」）

亡き父・桐壺院が語る「知らず知らずに犯した罪」とは何であろうか。桐壺一人を寵愛したということである。それは、いってみるならば、この桐壺院もまた母親からの疎外からのがれられなかったということであり、光源氏の苦しみもまた、そこに由来することを語っているのである。

父親と異なって、光源氏は、数々の女性遍歴をすることになるのだが、それもまた「報い」であることに変わりはない。そのように考えるならば、藤井のいう薫のなかの阿闍世コンプレックスは、桐壺院、光源氏と綿々と続くものであったということができる。つまり、紫式部もまた、存在そのものに染み付いた悪から目を離すことができず、神話的暴力を感じ取っていたということができるのである。

光源氏と密通する女性たちには、どこか悲劇の影がさしている。それは、宇治十帖における浮舟の入水自殺に結実するものであるといっていい。神的暴力は「罪あるもののあがないのためにいけにえとして死んでいく」存在のなかに体現されると述べたベンヤミンにしたがうならば、彼女たちは、桐壺院、光源氏、薫たちに巣食う阿闍世コンプレックスを明るみに出し、それを無《な》みするために悲劇を演じるのであるといえる。

女を独占しようとする男の欲望

こう考えてみると、藤井貞和が、『源氏物語』を貫くモティーフを「薫コンプレックス」「浮舟コンプレックス」と名づけた理由が明らかになる。藤井の言葉に耳を傾けてみよう。

　阿闍世説話を再構成して日本社会で適用させるとは、単なる論証の堂々巡りであり、そのままでは従わなくてよい。十一世紀初頭の『源氏物語』なら『源氏物語』から、一夫多妻的な社会にあって作中世界を右往左往する、男性主人公たちについて、ゆるされるなら夕霧―薫コンプレックス（略して薫コンプレックス）とでも名づけてみたい主人公たちの成長のあかしを、存分に描いてみたいという希望がつよくのこる。
一夫多妻制と女性の密通禁止とはするどく連関する。その意味で、非対称的な通婚機制であって、義母（配偶者の母）との密通がつよく禁忌となるのに対して、庶母（父の配偶者）との婚姻が規制からはずれる傾向にあるのも、一夫多妻制の原則ということになろう。女性の多夫（密通）が断罪されることについては、藤壺、空蟬、朧月夜、女三宮、浮舟による五大密通が、いずれも『源氏物語』内で出家に終わることによって明らかだ。女性主人公たちについての（名づけるなら）浮舟コンプレックスをここに受けとることができないか。朝顔など、別途に考えたい女性もいて、問題は尽きない。

藤井はさらに、レヴィ＝ストロースが『源氏物語』論である「おちこちに読む」において、「『源氏物語』から読み取れる社会では、いとこ婚が決して無視されているわけではなく、慣行となっていることが多い、しかしその社会内で、歴史上のある時期として、この風習について疑念が生まれるようになった、そういう歴史的推移の時代の所産である、と位置づけ」ていることを引き合いに出しながら、婚姻規制が破られるのは、いとこ婚と対立した場合においてであることについてのレヴィ＝ストロースの指摘について語る。

物語の登場人物の思いのなかで、いとこ婚が、より遠い親族間の結婚と対立するものと捉えられていることを指摘して、確かに安定した生活をもたらすにしても、単調になること、つまり何世代にもわたって、同種または類似の縁組が繰り返され、おなじ家族、社会構造がただ再現されるだけであること、逆に、より遠い親族との結婚は、たしかに危険であり冒険でもあるが、投機の対象になり得ること、この種の結婚は斬新な縁を結び、歴史は新しい連合の作用で大きく揺れることになる、と論じられる。当事者たちの思うような「心躍る経験」は、いとこ婚が背景としてある舞台の上でこそ、それらと対立して演じられることになるはずだ、という指摘である。

ここで藤井が述べようとしているのは、レヴィ＝ストロースの『源氏物語』に対する深い理解である。つまり、その登場人物たちのなかでも「安定した生活」を送っている者が総じて交叉いとこ婚という婚姻形態をとっているとともに、娘を嫁がせる場合にも、交叉いとこ婚を慣習として受け容れながら、どこかでこの慣習と対立する「心躍る経験」を思いの内に描いてみることがあるという指摘の興味深さといっていい。

藤井は、レヴィ＝ストロースのいう「心躍る経験」がどこかで、「薫コンプレックス」や「浮舟コンプレックス」につながることを示唆しているのである。そのことは、交叉いとこ婚という安定した婚姻形態が、母親からの疎外感から死の衝動《タナトス》＝攻撃衝動へと駆り立てられるような存在を排除することによって、打ち立てられたものであることを示唆する。

実際、レヴィ＝ストロースは、『親族の基本構造』において、なぜ交叉いとこ婚が慣習となったかと問いながら、多数の女性を独占しようとする男の欲望を平準化するためであったということたえを得るのである。もちろん、交叉いとこ婚が並行いとこ婚と異なって近親婚の禁止規制を孕んでいるところに、その安定的な要素を見出しているのだが、重要なのは、女性への独占欲を抑えることによって、一夫一婦制をかたちづくる要因となっているということである。父親の姉妹の娘をもらうことによって今度は、自分の娘を自分の姉妹の息子に嫁がせるという互酬関係が、共同体を安定させるということである。

一方において、レヴィ＝ストロースは、共同体の安定化のもう一つの要因として、首長だけが一夫多妻の特権をもつ場合について述べる。

（首長の一夫多妻の）特権を認めることで、集団は一夫一婦制の規制と結びついた個々人の安定の要素を、政治組織を基盤とした集団の安全と交換したのである。男はそれぞれ別の男からその男の娘や姉妹を妻として受けとる。首長は集団から多くの女を受けとる。これと引き換えに彼は、必需品と危険に対する保証を与えるが、明らかにこの保証は、彼がその娘や姉妹を妻とした特定の男たちに対して与えるのでも、また、彼が一夫多妻の権利を行使したために、ほぼ決定的に独身を余儀なくされた男たちに与えるのでもなく、集団としての集団に対して与えるのである。なぜなら、不文律を集団みずからの利益のために宙に浮かしたのは集団自身なのだから。

（『親族の基本構造』馬淵東一・田島節夫監訳）

交叉いとこ婚を共同体を安定化させる互酬交換と位置づける一方で、首長に一夫多妻の特権を認めることによって、集団としての安定化がもくろまれたことをレヴィ＝ストロースは明らかにする。ここから読み取られるのは、まさに交叉いとこ婚が、男の欲望を平準化させるために行われたということであり、それにもかかわらず、独占的な欲望からのがれられない男たちの欲望を、集団として均すために、首長のみに一夫多妻の特権を与えたということである。

では、女性を独占したいという男の欲望とはどこからやってくるものなのか。レヴィ＝ストロースは、それについて直接触れないものの、フロイトの『トーテムとタブー』を引き合いに出しながら、未開民族のなかで、フロイトのいうような父殺しの実践と、それをタブーとすることによって、父に代わるトーテムの祭り上げが行われていた例は存在しないと述べながらも、そのことについて並々ならぬ関心を寄せているのである。つまり、父殺しが、死の衝動＝攻撃衝動《タナトス》から行われるというフロイトの考えを、それとなく引き受けていると受け取ることができるのである。

そう考えるならば。レヴィ＝ストロースがいう、、交叉いとこ婚の慣習と対立する「心躍る経験」とは、この死の衝動＝攻撃衝動《タナトス》に起源をもつものといえるのではないか。未開民族の間で、交叉いとこ婚が互酬交換として共同体を安定化させていたにもかかわらず、首長にのみ一夫多妻の特権があたえられていたのは、女性の独占欲から男たちがのがれられなかったからだとしてみよう。そのことは、死の衝動＝攻撃衝動《タナトス》からのがれられなかったからだということもできるのである。それは、戦争において戦勝国の男たちが、集団で敗戦国の女性に暴行をくわえ、レイプするところから明らかである。

だが、私は、彼らの行為をあくまでも「一人の人間の不幸の特殊性」からみるという観点をもってきた。そこからみるならば、彼らのなかに秘められた死の衝動《タナトス》=攻撃衝動が母親からの疎外のために出生を過ちとみなさずにはいられない思いからやって来たものであることは否定できないのである。レヴィ=ストロースのいう「心躍る経験」とはここに根差すものであり、藤井の示唆するように「薫コンプレックス」や「浮舟コンプレックス」につながるものといえるのである。

　こうしてみるならば、藤井貞和の『物語論』が、これまで私の展開してきたモティーフにどのようにつながるものであるかが理解されるであろう。藤井は、自分の発想や仮説を受け継ぐ者がいないといっているのだが、それが少しでもなされているならば、幸いといわねばならない。

第八章　抽象的な普遍性への貢献
――大澤真幸『〈世界史〉の哲学　現代編1　フロイトからファシズムへ』

『〈世界史〉の哲学』の意義

大澤真幸の『〈世界史〉の哲学』は、「古代篇」「中世篇」「東洋篇」「イスラム篇」「近世篇」「近代篇」と書き継がれ、「現代編1」が上梓されるに至った。大澤真幸は、現在柄谷行人に次ぐ思想家として、大きな仕事を残している。大澤の仕事を概括することは、私にとって必須の課題といえる。『〈世界史〉の哲学』には、私の奴隷論にとって欠くことのできない問題が提示されているからである。では、実際にそれはどういうものであるのか。

戦前の軍国主義の時代に、京都学派といわれた西田幾多郎門下の哲学者たちが、「世界史的立場と日本」という座談会で、西洋中心の進歩主義的な歴史観に対して、東洋的な無に依拠する哲学を唱えた。やがてそれは、西洋の哲学をのりこえて世界的に受け入れられていくだろうと語り合った。その中の一人である、高山岩男は『世界史の哲学』という著書を公刊して、それを広く明らかにしていった。しかし、このような哲学は、結局、大東亜共栄圏のスローガンに呑み込まれ、軍国主義のイデオロギーとなっていった。

大澤真幸の『〈世界史〉の哲学』では、これと全く逆のことがおこなわれている。京都学派のように東洋によって西洋をのりこえるのではなく、なぜ西洋的なものが、普遍性をもつことになり、地球規模に広がってきたかということを考えなければならないという。たとえば民主主義という政治制度、資本主義という経済システムが、その一環であることはすぐにわかる。西洋諸国が、これに則って発展を遂げてきたことを否定することができない。と同時に、これらの制度やシステムにも、様々な問題があることが分かってきた。

しかし、このような西洋から発する制度やシステムをのりこえるために、それを廃棄し、たとえば、イスラム的なものに根拠を求めていくならば、戦前の京都学派の二の舞を演じることになってしまう。イスラム原理主義などが行っていることは、まさにこれなのだ。

そこで『〈世界史〉の哲学』では西洋のエートスを象徴するキリスト教がどのような宗教であるのかという考察からはじめて、それが歴史とともにどのように西洋の歴史にかかわってきたかを明らかにするということをおこなうのである。イエス・キリストの十字架上の死とはどういうことなのかという考察を、くりかえし進めることによって、それが西洋だけでなく、私たちにもかかわる普遍的な問題であることを明らかにしていく。

此度上梓された「現代編1」では副題に「フロイトからファシズムへ」とあるように、一九三〇年代の政治動向とそれを批判する思想に言及しながら、このことを明らかにしている。そこで、大澤の思想を本文から引用しながら、私の思想的モティーフからそれに応えるということを進めてみようと思う。

初めに、大澤の思想とそれに応える私のモティーフを要約して提示してみよう。

「西洋は一九世紀末から二〇世紀への転換点で一旦、頂点を迎え、その極限において、死を迎えるのだ。それを象徴するのが、第一次世界大戦である。フロイトは第一次世界大戦から復員した元兵士たちのなかに重い神経症を見出した。後にそれを戦争神経症と名づけるのだが、その原因として見出したのが、タナトス（死の欲動、攻撃衝動）である」。

「フロイトは、それまでのエディプス・コンプレックス理論において母親への親愛と父親からの疎外をエディプス神話によってあとづけ、このコンプレックスは「父殺し」の欲動としてあらわれることを明らかにした。しかし、戦争神経症とタナトス理論からは、「父殺し」の欲動は、エディップス的な欲望からもたらされるものではなく、人間の本来的な死への衝動、攻撃衝動から、もたらされるとされた」。

このようなタナトス理論は、最晩年の『モーゼという男と一神教（人間モーセと一神教）』において、「モーゼ殺し」と「もう一人のモーゼ」の出現という問題へと普遍化されていった。そこにあらわれたのは、現代におけるファシズムの出現という問題である。

『人間モーセと一神教』の内容

旧約聖書の「出エジプト記」に、予言者モーセは、エジプトのユダヤ人たちをイスラエルの地に導いたと記されている。そのモーセについてフロイトは、ユダヤにおける最大の予言者のようにいわれているが、実はエジプト人だったという。なぜかというと、モーセがユダヤ人に垂れた教えは、古代の排他的な多神教のなかには見出すことのできないものだからだ。わずかに、エジプトの第十八王朝の王であるイクナートンの手によってひろめられたアートン神を信ずる一神教のなかに認めることができる。

この王は、偶像崇拝を禁じ、死の国や死後の世界について語ることを潔しとしなかった。とりわけ、たがいに相手を劣等種族と見下して、内心に巣食っている民族的な恥辱を覆い隠そうとする性向を強く戒めた。そのうえで、人間がともに苦しみを分かち合い、愛し合うことができるならば、あるがままのすがたで崇高な存在となることができると教えた。万物を愛で包み、真理と正義に生きることを至高の目標とするとき、おのずから神性が宿ることを示唆したのである。

モーセの教えの背景には、このようなエジプトのアートン神のひらめきがある。シナイ山で、ユダヤの民に十の戒律をあたえたとき、モーセはただひたすら、人間はどのようにすれば、憎しみや蔑みから自由になることができるかを思っていた。だが、モーセに導かれ、約束の地を目指したユダヤ人たちは、やがてモーセの教えに背き、モーセを殺害する。しかし、時がたつにつれて、自分たちの行いの罪深さにおののき、モーセに代わるメシアの来臨をまちのぞむようになる。

イエス・キリストとは、そのようにして現れた者にほかならない。そのイエスを、ユダヤ人は、モーセと同じように司直の手に渡し、死へと委ねてしまう。ここには、二重にも三重にもかさねられた人間の攻撃性が影を落としているとフロイトはいう。

こうしてみるならば、フロイトが戦争神経症から見出した攻撃衝動や死の衝動というのは、たんに相手を攻撃し、死へと追いやろうとする衝動というだけではないということが分かってくる。それは、モーセを殺害しイエスを十字架上の死へと追いやらずにいられなかったユダヤ人たちの反動感情に由来するものだったのだ。そしてこのような感情の奥には、自分より優位にあるものを集団で引きずり下ろすことによって、みずからの優位性を保とうとする欲望や、自分たちが劣位にあることを認めたくないばかりに、誰も手の届かない絶対優位の存在を祭り上げようとする欲望が渦巻いているということを、フロイトは洞察していた。

そのことは、「人間モーセと一神教」の原型に当たる「トーテムとタブー」において、原父殺害という理念によって明らかにされている。未開の共同体において、人々はみずからのなかの攻撃衝動に駆られて共同体の首長に当たる人物を殺害するのだが、そのことの疚しさに耐えられず、その人物に当たるものをトーテムとして祭り上げる。それは、虎であったり黒豹であったりするものの、そこに祭り上げられたトーテム動物は、彼らの罪障意識を贖ってくれるものであるとともに、彼らのなかに巣くう反動感情に覆いをかけるものでもあった。そのことで、未開の共同体は禁制をさまざまなかたちで人々に課すことに成功し、安定したかにみえる。だが、人間のなかの反動感情は、容易なことでは消え去ることがない。優位と劣位をめぐる暗黒心理は、何度でも反復される。これが、タナトスについてのフロイトの洞察にほかならない。
大澤真幸は、これらのことを踏まえて次のようにいう。

一神教は――美の宗教との対比で――崇高の宗教である。フロイトは、ミケランジェロのモーゼ像について、こう述べている。それは「教皇自身の像〔ユリウス二世の像〕と同じように、崇高な静止状態のうちにとどまりうるものでなければならない」と。

（第1章　資本主義とエディプス化）

エジプト人のモーゼが殺された後に出現するもう一人のモーゼ、ヤハウェの原点となったモーゼは『トーテム』で殺された原父の復活なのか。それも明らかに違う。もう一人のモーゼもまた、一神教の指導者である。しかし、エジプト人のモーゼの唯一神と、セム族のモーゼの唯一神はまったく異なっている。どう違うのか。前者は知的で合理的な神である。後者は、感覚的な神なのだが、旧約聖書の表現を借りれば、妬む神である。ヤハウェ（セム族のモーゼ）は民の裏切りに敏感ですぐに妬み、またすぐに怒る神である。エジプト人のモーゼと相関する唯一神を特徴づけているのが合理性であるとすれば、セム族のモーゼと相関する唯一神を特徴づけているのは意思の恣意性（気まぐれ）である。

（第2章　もう一人のモーゼ）

大澤は、エジプト王イクナートンの真実と愛の教えを説いたモーセを「エジプト人のモーゼ」といい、旧約聖書に語られるモーゼを「セム族のモーゼ」といって区別している。「セム族のモーゼ」が奉ずるのは、妬む神であり怒る神としてのヤハウェである。そのことは、彼らのなかの反動感情が、ヤハウェに由来するものということを意味している。モーセを殺害しイエスを十字架上の死へと追いやったのは、妬みや、怨みや、憎しみや怒りであったということにほかならない。

愚民どもの一人

セム族のなかのユダヤ人という民が、ことさらにこのような反動感情を身につけているということではない。人間というのは、ある意味で、誰もがそうであるのだ。そのことをフロイトは「ミケランジェロのモーゼ」のなかで、こんなふうに語っている。

いったい私はいくたびこれまでに美しくもないコルソ・カヴールの急な坂道を登り、ひっそりと立っている礼拝堂を訪れて、モーゼの侮蔑と憤りとを浮かべたまなざしをわが身に受けたことであろうか。そして、そんな時、あたかも私自身彼の怒りのまなざしが向けられている愚民どもの一人ででもあるかのように内陣の薄明かりから外へのがれ出たこともしばしばあった。彼ら愚民どもは、確信というものを持ちとおすことができず、なにものも持とうとせず、信じようとせず、まやかしの偶像をふたたび手に入れたとなると有頂天になって歓呼の声をあげたのであった。（高橋義孝・池田紘一訳）

このフロイトの言葉ほどおそろしいものはない。なぜなら愚民観を語る自分自身もまた「愚民どもの一人」であるということを偽りなく語っているからである。これは、ドストエフスキーもそうだった。「モーゼ像」をつくったミケランジェロのなかにも、確実にそれがある。そうでなければ、あれほどの迫力のある彫像をつくることはできない。

このことは、大澤真幸のなかにも深く刻まれている。大澤は、それをどのようにして対象化するかという問いのなかから、キェルケゴール『死に至る病』の一節をとりあげて語る。

人間とは精神である。精神とは何であるか？　精神とは自己である。自己とは何であるか？　自己とは自己自身に関係するところの関係である。──（中略）──自己とは単なる関係ではなしに、自己自身に関係するところの関係である。

精神であるところの人間＝自己とは、自己準拠的な関係である、ということになる。だが、この主張は、このすぐ後の「神」へと導く展開といきなり矛盾しているように見える。自己自身へと関係する関係は，それを措定する外的な力、つまり他者が必要だという趣旨のことが述べられることになるのだ。するとどう考えればいいのか。自己とは、自らと関係する関係だが、それは不可能だ、ということになる。その不可能性を補償しているのが、他者である。この他者こそ、神の原型である。

他者との関係を見失うと、自己は自己関係として成立しなくなる。わかりやすく言い換えれば有限な自我の殻にしがみつくことになる。これがキェルケゴールが言うところの「絶望」である。他者＝神による措定の力を待って、自己は、有限性を越えた永遠者（無限者）の境地に到達することができる。

（第3章　絶望としての信仰）

「自己とは自己自身に関係するところの関係である」というキェルケゴールの言葉には、モーセの一神教の理念があらわされているということもできる。モーセは、偶像崇拝をすすめる多神教のなかにあって、イクナートン王の唱える一神教の理念が、いかに崇高なものであるかの理由を、自己というのが「関係」であるというところから明らかにしていった。互いに愛し合い、互いに真理とするものを認め合うことが神に近づく唯一の道であることを説いた。

しかし、ユダヤ人たちは、愛し合うことよりも、自分のなかの不満や怒りや、憎しみに拘泥するばかりであり、真理とするものを認め合うことよりも、偽りと欺瞞を自分の中にため込んでいった。その結果、有限性を越えた永遠者（無限者）の境地に到達するどころか、そういう境地にあるモーセを殺害することによって、「もう一人のモーゼ」を崇拝の対象とした。それは、愛や真理よりも、憎しみや偽りによってつくられたものであり、さらには、自己自身に関係することのできない者たちの怒りや欺瞞によって根拠づけられた存在であった。

ニーチェは、のちのキリスト教がそのような存在を神として祭り上げているとみなして、神の死を宣言した。その意味では絶望を克服することによって、神への信仰の純粋化を目指したキェルケゴールと思いのほか近い距離にあると大澤はいう。ニーチェは、妬みや恨みや憎しみをルサンチマンと名づけて、これをどのように乗り越えていくかを説いた。

どのようにしたらルサンチマンを乗り越え、復讐精神を除去することができるのか。これが課題であった。これに対してツァラトゥストラは、意志に「後ろ向きに欲すること」「後戻りして意欲すること」を勧める。まず「そうであった」という過去の現実がある。この「そうであった」を、「そうであることを私はまさに欲したのだ」に置き換えるのだ。これが「後ろ向きに欲すること」にあたる。こうすれば、怨恨（ルサンチマン）は生じない。まさに、欲していたことが起きたことになるからだ。私がそのように欲しているということは、それと同じことが何度でも帰ってこいと、思うことであるはずだ。そう思えなければ、私がそれを欲していたことにならないからだ。だから、生の終結、死に向けて、私は言うことになる。「さあ、もう一度！」と。こうして永劫回帰が意志される。

（第4章　永劫回帰の多義性）

「精神はラクダとなり、ラクダはライオンとなり、ライオンは幼児となる」（『ツァラトゥストラ』）という言葉のなかに、どのようにしてルサンチマンを乗り越えるかという問いの答えがあると私は考えてきた。死に値する苦しみを前にしたとき、精神はラクダのように重い荷物を負わされ、これまでの生においてどのような快《エロス》を味わったとしても、すべては無に帰すという思いに取りつかれる。それだけでなく、苦しみを自分に背負わせたすべての存在に対して、怨恨《ルサンチマン》を抱き、復讐精神のとりことなる。

これをどのようにして晴らして行くかを考えた時、みずからに負わされた苦しみは、凡庸で頽落した快《エロス》よりもはるかに価値のあるものであり、不遇のなかにある自分こそが、彼らよりも優位にあるものであるという考えを取らないということが第一である。それよりも、今自分がどんなに苦しみを負わされていたとしても、これまでの生においてこの上ない快《エロス》を享受したことがないかどうかに思いをはせ、もしあったとするならば、そのような快《エロス》の時点に永劫に回帰することである。

それは、苦しみを背負わされながら、ラクダのようにそれを重荷として負っていくのではなく、草原を一人行くライオンのようにそれをものともしないということであり、このライオンは、同時に、幼児のように無垢でなければならない。純真な幼児とは、苦しみや痛みや、不幸や不遇から解かれて、ひたすら快《エロス》を享受するものである。そして、純真な幼児のように快《エロス》を享受する時点へと永劫に回帰するとは、私の言葉で言うと、他者との間で絶えることなく共苦《コンパッション》を抱き合うことでもある。

「力への意志」という理念

だが、他者との間で共苦《コンパッション》を抱き合う時点へと永劫に回帰するためには、超越者（無限者）を重度の神とみなさなければならない。キェルケゴールの絶望としての信仰やニーチェの力への意志の根源にあるのは、このような重度の神の受け容れにほかならない。ではそれは、どのようにしてやってくるのか。大澤真幸は、こんなふうにいう。

> 現に起きていることに抗して決定的な出来事はすでに起きたと想定すること。永劫回帰の観念が命じていることは、生と世界についての目的論的な解釈の逆を行うことである。それは、反事実的に「目的にすでに到達してしまっている」と想定することだからだ、生に対して本当に積極的・肯定的になりうるのは、メシアがすでに来てしまったと、つまり真にクリティカルな出来事はすでに起きていると仮定できるときだけだ。（第5章〈しるし〉が来た）

これを私のモティーフにしたがっていえば、次のようになる。苦しみや不遇のなかにありながら、怨恨《ルサンチマン》を乗り越えることはできるのだろうか。それは、大いなる受容に出会うときだ。どのようにしてそれに出会うのかといえば、決定的な出来事はすでに起き、メシアは重度の神としてやって来たという想念を信憑することによってである。

生と世界についての目的論的な解釈においては、決定的な出来事はやがってやってきて、メシアは、苦しみや不遇のなかにあるものを救済するであろうとされる。だが、現に今ここで、苦しみと不遇のなかにある者にとっては、どのような決定的な出来事も、メシアの到来も信じることができない。彼にとって最もリアリティがあるのは、彼の苦しみや不遇には理由があるということであり、それゆえに、彼は誰よりも優位にある者であるということだ。

このことに比べるならば、決定的な出来事も、メシアの到来も意味をもたない。だが、苦しみや不遇を、みずからの優位性の根拠とすることは、怨恨《ルサンチマン》を一層強く抱き、権力への欲望をはぐくんでいくことにほかならない。これに対して、決定的な出来事はすでに起こってしまったという想念は、みずからもまた重度の神にほかならないという思いをもたらさないとはかぎらない。なぜならば、メシアはまさに重度の神としてやって来て、彼もまた、苦しみや不遇のゆえに、重度の神であることを告げるからだ。こう考えるならば、権力への欲望によって主人となる者は、怨恨《ルサンチマン》の奴隷となる者であるということができる。大澤真幸はいう。

主人と奴隷の主従関係が確立されると、今度は主人の方こそが、奴隷という労働する者の意識に依存している、非自律的で特殊な意識であることが明らかになる。それに対して、奴隷の側は、死の恐怖において実感したことと同じ意味をもつ経験を、みずからの労働を通じて保有する。

（第6章　権力への意志と死の恐怖）

怨恨《ルサンチマン》にとらわれている者にとって、絶対認めたくないことは、苦しみや不遇のために、自分が劣位に立たされているということだ。だから、むしろこの苦しみや不遇ゆえに、みずからは優位にあるという倒錯した論理を打ち立てようとする。その根拠となるのは、苦しみや不遇のゆえにこそ歴史の立役者となった悲劇の主人公だ。その象徴が、イエス・キリストである。

彼らは、キリストこそがどのような苦しみや不遇のなかにあっても、怖れを知らない優者であるという受け取りをする。そして、キリスト教団がつくりあげたヒエラルキーが、そのようなキリストを頂点において、より多く苦しんだ者、よりつらい不遇に陥れられた者の序列によって成り立っていることは否定できない。しかしヘーゲルは、主人と奴隷の承認をめぐる闘争において、死の怖れをものともしない主人が、死の怖れに屈服する者を奴隷とするという理念を明らかにすることによって、このような怨恨《ルサンチマン》の倒錯した論理を批判した。

死の怖れにとらわれる奴隷は、黙々と労働をすることによってこの世界になにものかをつくりだしていく。それは、ニーチェのいう怨恨《ルサンチマン》にとらわれることなく、力への意志をもって普遍的なものを目指していくということに通ずる。ニーチェは、それが可能になるのは、精神が幼児となることによってだといったのだが、ヘーゲルは、奴隷となることによってといった。優位−劣位の倒錯をニーチェに見出すならば、幼児は、むしろ奴隷的な存在としても受け取られなければならない。

ニーチェの「力への意志」という理念は、ナチスのヒトラーによって曲解され利用されてしまったが、実際には、労働者による世界への創出という意味をになっていた。それは、マルクスによる剰余価値の創出につながっていく。資本主義の基本的な構造が、価値の無限増殖にあるとするならば、労働者は、まさに力への意志を実践していることになる。大澤はいう。

ニーチェ的な意味での権力の拡大（力の拡大）は、他者の限定的なパースペクティヴを下属させる普遍的なパースペクティヴを得ることを意味していた。剰余価値を生み出すような商品を市場にもたらすこともまた、同じような意味をもつ。

（第6章　権力への意志と死の恐怖）

ただ、問題は、この剰余価値が資本家によって搾取されるというところにある。なぜ資本家は、搾取せずにはいられないのか。資本家とは、本質的に怨恨《ルサンチマン》にとらわれながら、死の怖れをものともしないと言い張る主人だからだ。したがって資本主義を改変するためには、主人としての資本家という理念をどこまで内側から解体させるかである。

「もう一人のモーゼ」

大澤は、このような主人という存在をマックス・ウェーバーとカール・シュミットの思想から取り出してみせる。「第7章　『気まぐれな預言者』と『決断する主権者』」において、フロイトの「もう一人のモーゼ」とは何者なのかと問いながら、マックス・ウェーバーによるカリスマ的指導者、カール・シュミットによる例外状況における主権者を取り出す。そして、この三者は、どのような関連にあるのか、と問いかけるのである。

これに対して以下のように応えてみよう。フロイトの「もう一人のモーゼ」は、怨恨《ルサンチマン》からのがれられない民衆によって支持された支配者であって、民衆の怨恨《ルサンチマン》を統御することによって強力な支配体系をこしらえあげていく。ウェーバーによるカリスマ的支配者は、官僚制によるくびきを脱して、民衆のなかの力への意志をみずからの根拠とする。そのことによってあるべき政治体制をつくりだしていく。この場合、怨恨《ルサンチマン》からのがれられないのは、官僚たちであって、官僚制とは、キリスト教団に通ずるようなヒエラルキーから成り立っている。

シュミットによる例外状態における主権者とは、政治的な関係において誰が友であり、誰が敵であるかを見抜く者である。それは、彼のなかの決断によって行われる。シュミットの決断主義とは、友／敵が混在している状況のなかで、敵を明らかにし、友との関係から政治体制を打ち立てていく方法といえる。それでは、シュミットにとって、敵とは何か。怨恨《ルサンチマン》にとらわれて、否定のヒエラルキーをつくりあげていく者である。しかし、シュミットは、ナチスの政治理念を受け入れ、ナチズムのなかに決断主義の最たるありかたを見出した。このことについて、大澤は次のようにいう。

ファシズム（ナチズム）の、先立つどんな体制にも見られなかった未曽有の特徴、他と比べられないおぞましい特徴は、「敵」に対する彼らの態度・行動である。敵とは、もちろん、ユダヤ人のことである。

（第8章　ふたつの全体主義とその敵たち）

ナチスのユダヤ人虐殺は、シュミットの友・敵理論の過剰な実行である。シュミットの政治概念が肯定されている。その肯定は、過剰である。シュミット自身の想定、シュミットの意図を越えて肯定されているのだ。ナチスは、友と敵を区別し、友としてのアーリア人を純粋化しようとしたわけだが、その反作用で、敵を、あまりにも徹底して、過激に排除しようとした。

（第8章　ふたつの全体主義とその敵たち）

大澤の言葉に応えてみよう。シュミットの決断主義の根本には、政治的な敵とは、弱者のヒエラルキーをつくりだす者であるというニーチェ的な理念がかくされている。しかし、シュミットは、このことをニーチェほど徹底してとらえていなかった。ニーチェの「力への意志」を、「権力への欲望」と曲解したナチスに対して、批判的な視点をもっていたならば、ナチスを擁護するようなことはなかった。

なぜナチスはユダヤ人を敵とみなしたのか。アーリア人の優位性を明らかにするためであると同時に、苦難と不遇のうちにある存在こそが最も優位にあるという倒錯した理念を実践するためだった。ところが、モーセを殺害し、キリストに死をもたらしたユダヤ人とは、この理念を裏側から照らし出す者たちだったのだ。だからこそ、彼らを敵とみなすだけでなく殲滅しなければならなかった。

ここには、二重にも三重にも重ねられた倒錯が認められる。ナチスは、みずからが倒錯した理念を実践することによって、モーセを殺害し、キリストに死をもたらしたユダヤ人と同じことを行ったのである。

そのことによって、ナチスは、総統ヒトラーを「もう一人のモーゼ」として打ち立てたのだ。そして「ファシズムを説明する同じ理論の展開の中で、スターリニズムも説明されなくてはならない」と大澤はいう。

スターリニストにとっての敵とは、結局、ソヴィエト共産党そのものである。

> ファシストは、敵をトータルに排除しようとした事実そのものを排除し、隠蔽することに、異様なまでの力を注いだ。スターリニストは、そのような無駄な努力はしなかったが、その代わり、敵に公開の場で告白させることに異常に執着した。
>
> （第8章　ふたつの全体主義とその敵たち）

共産党員の告白に異常に執着したスターリニストとは何者なのか。彼らは、敵とは、モーセに値するカリスマ的統治者を殺害する者であるという疑心暗鬼から、そのことを徹底的に自白させようとしたのである。そのことによって、スターリンという「もう一人のモーゼ」を打ち立てようとしたのが、スターリニズムにほかならない。

ファシズムやスターリニズムと同時代に、資本主義の危機に際して資本主義を肯定し、推進することで、この危機を乗り越える方法を示したのが、アメリカ合衆国のニューディール体制であると大澤はいう。もう一人の「もう一人のモーゼ」とは、ニューディール体制の指導者、「フランクリン・ローズヴェルト」である。「ローズヴェルト」はアメリカ大統領の中でも、傑出したカリスマ性をもった指導者であった。ニューディールとファシズムとスターリニズムと並べてみた場合、資本主義に対する態度が、（＋）（＋／－）（－）といった違いが認められる、と（第9章　もう一人の「もう一人のモーゼ」）。

これを別にいうならば、ニューディールとそれを推進した「ローズヴェルト」には、ヒトラーのファシズムやスターリンのスターリニズムとは根本的な違いが認められる。それは資本主義の肯定とカリスマ的指導者というところにあらわれている。ファシズムは、資本主義を肯定したが、剰余価値の搾取を徹底的に進めることによって、国民社会主義ドイツ労働者党（ナチス）の利益として分配することをもくろんだ。

これに対して、ニューディール政策は、資本主義体制に社会主義的な政策を適用することによって、剰余価値の搾取を可能な限りおさえ、価値の分配を進めていった。資本主義を否定することで、平等な社会を目指した社会主義国家（ソ連邦）が、結局は剰余価値を生み出すことがなかったため、価値を国家や党の政策によってもたらされたものと見なしていったのとは対照的といえる。スターリニズムが、このような国家や党の政策を、独裁者であるスターリンに帰属させることによってつくりだされていったことは間違いない。

優位に立つ者の憐憫《センチメント》

だが、と大澤はいう。

アメリカの白人至上主義は、ニューディール体制の初期に、ナチスがアメリカの人種主義を「憧れ」をもって見ていた時に、非常に強化される。

アメリカにおいて、形式的で普遍的な平等への執着と、過激な人種主義とが、つまり明らかに矛盾しているように見える二つの傾向が共存するのはどうしてなのか。

人種主義的な差別への指向と普遍的な平等への指向。この二つは互いに矛盾しているように見えるわけだが、しかし、両者を順接させる通路があるのかもしれない。

（第10章　ヨーロッパ公法の意図せざる効用）

これは、ナチスのユダヤ人に対する人種差別が、アメリカの黒人差別とどう異なるのかという問題とつながる。大澤は、どう考えたか。大澤の答えを要約してみると、以下のようになる。

「カール・シュミットは『大地のノモス』において、陸地の取得が、ヨーロッパの諸国家に自立性と「ヨーロッパ公法」とをもたらしたと述べている。陸地の取得とは、16世紀までさかのぼるならば、大航海時代における新大陸の発見と新しい陸地の取得とを起源とする。それを最も普遍的に継承したのが、大英帝国である。大英帝国は、アジア・アフリカの植民地を取得することによって普遍的な国家として現れてきた。そしてそれを受け継いだのが、アメリカ合衆国である」

「アメリカ合衆国は、南北戦争によって奴隷の解放を行ったのだが、国家の成り立ちが、大英帝国を受け継ぐものであり、その限りにおいて、『ヨーロッパ公法』のもとにあるものである。その結果、陸地の取得とその陸地にあった黒人やインディアンをみずからに従属するものとして差別するという特殊性からのがれることができない。『ヨーロッパ公法』の普遍性とは、そのような差別の特殊性によって成り立っているものだからだ」。

「アメリカに見られる普遍的な平等主義の下に隠されている特殊な差別主義こそ、ナチス・ドイツが憧れたものなのだ。だが、ナチス・ドイツは『ヨーロッパ公法』を成り立たせるための陸地の取得ということを、大英帝国や、アメリカ合衆国のように実践してはいなかった。そのため、ナチス・ドイツは、周辺諸国への侵略を遂行することになった。そして、ナチス・ドイツの最大の取得すべき大地とは、ロシアであり社会主義ソ連であった。ソ連への侵攻は、ナチス・ドイツにとって普遍的な『ヨーロッパ公法』のもとにある国家となるために必要不可欠な条件であった」。

この大澤の刺激的な言説に私のモティーフから応じてみよう。

カール・シュミットの『大地のノモス』によって明らかにされたのは、「もう一人のモーゼ」を打ち立てることによって、主権国家、独裁国家、強権主義的な国家の根拠をかためるような社会の状況とは直接つながるものではない。そもそも、大英帝国に象徴されるような主権国家が、陸地の取得に走るようになったのは、大航海時代の新大陸の発見を根拠としているからであったのだが、それだけでなかった。そこには、帝国主義時代における独占資本の拡大と労働者の搾取という要因がかかわっていた。この搾取と拡大を推し進めるために、アジア・アフリカを植民地として、そこから得られる安い労働力と安価な原料をもとに市場を獲得していった。

アメリカ合衆国が、大英帝国から受け継いだのは、このような資本主義の拡大と、際限のない労働力の搾取であった。黒人奴隷とは、そのような搾取されるべき労働者の最もリアルなありかたなのである。それでは、ルーズヴェルトのニューディール政策においても、黒人への差別は解消されなかったといえるのだろうか。原理的には、ニューディール政策が、独占資本による過剰な生産とその結果として起こった恐慌に対応するためのものであることを考えれば、黒人奴隷の労働力の搾取に象徴される差別は、否定されてしかるべきといえる。

それにもかかわらず、普遍的な平等主義を実践するニューディール政策にあっても、黒人への差別主義は解消されなかった。それは、アメリカ合衆国自体が、「ヨーロッパ公法」のもとにあるものであり、ルーズヴェルトのニューディール政策は、後の国際法をもたらすものであったからである。これに対して、普遍的な国際法にも「ヨーロッパ公法」にもあずかることのなかったナチス・ドイツが、アメリカの黒人差別にみずからのユダヤ人差別の根拠を見出したとしても、問題はまったく異なるものであるといわなければならない。

ナチスのユダヤ人差別には、劣位におかれた者の怨恨《ルサンチマン》がかかわっているが、アメリカの黒人差別には、優位に立つ者の憐憫《センチメント》がかかわっている。もちろん、現在のアメリカにおいて、黒人差別が、怨恨《ルサンチマン》にとらわれた者のはけ口といった側面があることを否定できない。にもかかわらず、これが大航海時代以来の原住民族への迫害、さらには帝国主義の時代におけるアジア・アフリカの民衆の搾取に由来するとみるならば、普遍性を求める西欧とその普遍性を根拠に資本主義の拡大を進める西欧との根底に秘められた優位に立つ者の矜持《プライド》と憐憫《センチメント》なのだ。

さらに大澤は、ナチス・ドイツのファシズムとアメリカやイギリスのナショナリズムの違いについて述べる。

> ファシズムはナショナリズムの一形態なのか？　ファシストたちのゲルマン民族への強烈な愛着は、彼らがナショナリストであることを示しているようにも見える。だが、少なくとも、ファシズムは、普通のナショナリズムではない。ファシズムのエクセントリックな性格、その過剰さは、ファシズムがナショナリズムと何かにおいて根本的に異なっていることを示している。

ファシズムにおいては、ナショナリズムにおける普遍的ゲゼルシャフトへの忠誠心が、民族共同体への忠誠心に投入されている。ナショナリズムにおいては、国民の大義に尽くした時に間接的に得ることができる、抽象的な普遍性への貢献が、ファシズムにあっては、親密さを甘受できる特定の民族共同体への没我的な献身というかたちで、現実化できる。

（第14章「特殊と普遍の弁証法的関係」）

ベネディクト・アンダーソンによれば、国民とは、抽象的人格ではなく、言語・宗教・文化を同じくするものとして、国家を構成する主体的人格にほかならない。同一言語、同一文化を享受し、宗教的にもたがいに違和感をもつことがない、そのようなあり方において、国民意識はめばえるのだ。アンダーソンは、このようにして成立する国家を、想像の共同体と名づけた。

このような指摘がリアリティをもつのは、共同主観性といった意識の経験を通して鍛えられた共同性が、国民国家を下支えするというところにある。したがって、このようなネーション・ステートは、他のネーション・ステートとの間に、共同的な関係をもつということが、その存在理由となる。

だが、現実を見れば国民国家《ネーション・ステート》は、他の国民国家との間で相克をくりかえし、覇権をもとめて闘争するというのが、むしろ真実なのである。問題は、国民国家が、民族《ネーション》にまつわる負荷も抱え込んでしまうという点にある。ネーション・ステートは民族的な自立を遂げれば遂げるほど、覇権をもとめて闘争する共同体の側面をあらわにするのだ。私たちの時代の最も普遍的で正統的な価値である想像の共同体としての国民国家は、ネーションそのもののはらむ二重性によって絶えず危機にさらされているのである。

アレントのナショナリズム論を受けて私はこのように考えてきた。だが、大澤の考えでは、このような覇権を求めて闘争する共同体としての国民国家という理念は、第一次大戦までには通用するものの、ナチス・ドイツの台頭によって引き起こされた第二次大戦には、通用しないということになる。ナチス・ドイツのユダヤ人差別とアメリカの黒人差別との相違への指摘とともに、この見解は、大澤独特のものであり、『〈世界史〉の哲学』が、普遍的書であることのあかしであるといえる。

こう考えるならば、大澤の提示する普遍のナショナリズム、ゲゼルシャフトへの忠誠心が抽象的な普遍性への貢献であるようなナショナリズムとは、普遍性の名のもとに主人たらんとするナショナリズムではなく、最もプライヴェートな領域にあることによって、ゲゼルシャフトを守り続ける奴隷としてのナショナリズムにほかならないということができる。

第九章　詩語の不可能性
――田中さとみ『ノトーリアス グリン ピース』古田嘉彦『移動式の平野』

主人としての言葉に対する本質的な拒否

田中さとみは新進気鋭の詩人であり、古田嘉彦はベテランの俳人だが、それぞれのタイトルを見ただけで「詩語の不可能性」ということについて考えさせる。なぜ、シンタックスを壊し、喩を際限なく拡張するのか。彼らのなかには、主人としての言葉に対する本質的な拒否があるのだ。その意味では、奴隷としての言葉を選び取ったということができる。だが、彼らの言葉を抒情ということができるだろうか。いや、抒情そのものを瓦解させたということで、やはり奴隷の抒情といわなければならない。

物語への欲求と抵抗

『ノトーリアス グリン ピース』(「悪名高いグリーンピース」)というタイトルは、独特の物語を喚起させる。田中さとみのなかには、物語への欲求が強くあるのだが、それをストーリーとしてあらわすことに強い抵抗感がある。そこで、このタイトルを五つのセクション（「天国への階段を買おうとしている彼女を知っている」「岬考」「ＭＥＤＩＡ」「ノン・ヒューマン・ビーイング」「キミが最初の花だった」）を使いながら、物語への欲求を満たすことからはじめてみよう。
「悪名高い」女は、もともと国際ＮＧＯグリーンピースの一員だった。地球温暖化がもたらす異常気象によって、環境破壊が次々に進んでいき、原発や大量の核兵器の開発によって、人類そのものが存亡の危機に立っていることを知りながら、この女は、自己保身と権力欲の虜となって、台頭したポピュリズムの波に乗り、政権を獲得すると、強権体制を築いていった。

コロナ・パンデミックが世界中に広がり、収束する気配が全くない状況のなかで、感染者を厳重に隔離し、規制強化を次々に打ち出して、社会機能を麻痺させていった。それは「ノン《人》・ヒューマン《非》・ビーイ《人》ング」の仕業といってもいいのだが、彼女のなかには異常なまでの死への怖れが秘められていて、彼女の権力欲も強権支配も、非人間的な政策もすべて「天国への階段」を買収するためのものということもできるのだった。

かつては「キミが最初の花だった」という思いをもっていた民衆は、そのことに気がつくや、次々に離反していったのだが、弾圧はとどまることなく、「ＭＥＤＩＡ」の支配を徹底的に進めることによって、民衆どうしのつながりを断ち切り、さらには、世界そのものと断絶したのである。

民衆のなかにはレジスタンスのためのパルチザン組織を秘密裏につくり、その活動の暗号として「岬考」というのが使用されたのだが、結局は組織の拠点が掃討され首謀者をはじめとするメンバーが次々に逮捕されることになった。こうして「悪名高い」女は、権力を一手に掌握し、軍事力を強化し、核兵器を開発して、隣国から始め次々に侵略していった。
以上のような物語は、詩語の可能性から紡ぎだされたものだが、所詮物語の定型といってよく、現在の状況の根底をとらえきるものとはいえない。そのため、田中は「詩語の不可能性」を追求し、物語を瓦解させようとしているといえる。「詩語の不可能性」がもたらす独特のイメージを本文から拾ってみる。

私は美しい人の姿が土砂のように崩れはじめて海に浸かる
3月の鹿踊りをはじめて眺めていました。

鹿踊りの迫力は実際に見た者でなければ分からないが、それは宮沢賢治の「春と修羅」の鬼剣舞にも通ずるものだ。その「ダーダーダーダーダースコダーダー」というオノマトペからは、鬼気迫るものが感じられる。それは、物語を瓦解させる音であり、イメージである。「美しい人の姿が土砂のように崩れはじめて海に浸かる」という詩語がもたらすイメージは、このような瓦解を導きだすものといえる。
このイメージは、さらに解読しがたい言葉によって錯綜していく。

樹木から湯気が犇めい　て　白骨化した雪女郎が　湖になる　山の頂は　湖に囲まれていた

獅子舞が水を啜る　と　祖父のグラフィティが空にのぼって行く

「樹木から湯気が犇めく」という言葉から、まるで湯気が沸き立ったように緑が鬱蒼と茂っていく中に、人々が犇めいている場面が浮かんでくる。しかし、鬱蒼とした緑とは、樹木のかたちをした巨大なドームか何かで、そのドームのなかに人々がひしめき合っているようにも思われてくる。その巨大なドームのなかで、人々は、何をしているのだろうか。

「白骨化した雪女郎が　湖になる」とは、一人の女性を犠牲として祭り上げているということではないか。彼女がやがて「湖になる」というのは、この女性の犠牲によって、世界は、静かで深い湖のような様相を呈していくということを示唆しているということができる。

「獅子舞が水を啜る　と　祖父のグラフィティが空にのぼって行く」という言葉から浮かんでくるのは、以下のようなイメージだ。静かで深い湖のような世界が実現したかに思われたものの、獅子舞に似た擾乱が各地で起き、湖の水は、巨大な怪獣が啜ったように枯渇していき、「祖父のグラフィティ」がその湖の底に描かれていく。やがて擾乱も収まり、描かれた「祖父のグラフィティ」は天にいる祖父のもとへと空をのぼっていく、と。

恣意性と現実性の微妙なつながり

「詩語の不可能性」を、さらに読み継いでいきたい。

「戦争が終わり、世界の終わりが始まった」
少年が手に一輪の花をにぎりしめストリートを駆けている

タルコフスキーの映画を思い起こさせるイメージだ。「ノスタルジア」や「サクリファイス」といったタルコフスキーの映画には、「戦争が終わり、世界の終わりが始まった」後の世界が鮮烈な物語を伴って描かれる。この映像によって生み出された物語は、「少年が手に一輪の花をにぎりしめストリートを駆けている」という言葉で示唆されている。この「ストリート」は「サクリファイス」において、アレクサンデルの独白とともに流れる、モノクロの終末のイメージからなる街を思わせる。その街を背景に、アレクサンデルの独白は続くのだった。

「我々は、死の恐怖からのがれようとしてサクリファイスを行なう。他人や自然から自分を守ろうとして。その結果、権力、抑圧、恐怖、征服を世界にはびこらせるのである。我々は、死の恐怖からのがれ、他人や自然から自分を守るために、より高い文明を築こうとする。だが、サクリファイスが、権力、抑圧、恐怖、征服を結果として生み出すのであるなら、文明とは、それらを隠蔽するために、その隠蔽の上に築かれてきた罪悪にすぎない。どんなに文明が進もうと、そこに得られれのは、自分を保持できたという満足と、その満足を維持するための装置でしかない。我々の文明は、その罪悪の上に築かれている。根本的な病、根本からのまちがい。それが我々の文明だ」。

田中さとみのモティーフに言葉を届かせようとすると、このようなアレクサンデルの独白がうかんでくる。田中は、タルコフスキーのように、独白を主人公に行わせるのではなく、「詩語の不可能性」を追求することによって、「権力、抑圧、恐怖、征服」を生み出す物語を瓦解させようとしているのである。

差し出された手のひらの山を添えて　外部から橋を渡ってやってくる遊行女婦が　指をからめると綿毛の感触がして腕から銀河の草が生えている

この遊行女婦は権力によって犠牲とされる女性として思い描くことができる。「差し出された手のひらの山」というのは、この女性が人々の信仰を集めてやってくる存在であることを思わせるのだが、「指をからめると綿毛の感触がして腕から銀河の草が生えている」というのは、犠牲とされることが、「腕から銀河の草が生え」るような常軌を逸した事態であるにもかかわらず、犠牲のさなかにあって、この女性が指をからめると、「綿毛の感触がしてくる」ほど、人々の信仰を厚くするということではないだろうか。「詩語の不可能性」は、様々なイメージを紡がせるとともに、そのイメージ自体もまた、瓦解させるのである。

舌切雀がくずおれて砂浜になる

一方で、イメージの瓦解は、ある種の恣意性を感じさせる。たとえばシュールレアリスムの自動記述が恣意性と紙一重のところで行われたものであるとするならば、自動記述をする意識（無意識）が現実の衝迫をリアルに感じ取っているからである。恣意性は、そこでシュールレアリスム独特の現実性をうる。そのあたりからすると、この「舌切雀」にはリアリティが感じられない。しかし、「くずおれて砂浜になる」という詩語には不安な意識のあらわれとしてのリアリティがある。現実の衝迫は、一度ずらされ、瓦解する意識も底上げされることによって、不安だけが無防備のままあらわれてくる。田中さとみの詩語の恣意性には、このような不安がかくされている。

ガスマスクの　狩人が曇った窓ガラスに髑髏の絵をえがく

このあたりも、希薄な現実と言葉の恣意性とが相まって独特のイメージを描き出している。もちろんネガティヴなイメージだが、詩語の恣意性が、これをユーモアに変えているところもあって重さを感じさせないのである。重さを感じさせない不安というのも、田中さとみの言葉の特質ではないだろうか。そのような詩語を、さらにあげてみよう。

あしもとを残照の精霊が　泳いでいる

赤い波の輪郭線　が　遠い昔に向かって柔らかくうごく
空気が　鞭で打たれる　記憶
光が弾けて　こどものわらい声が　粒子となった
琵琶の音色が憧れながら語りかけてくる「それでも希望を持つことだ」消えていく音色　の
余韻をたなそこに包みながら　逆髪はクラゲの風車でできた階段をｐｏｔａｌａｋａ　ｐｏ
ｔａｌａｋａ　駆け上がっていく
「の　ノンフィクションの泉鏡花の作品がナウシカでした」
たなそこから蝶のいざりがひとひら、silkの鱗粉を纏いながら地をゆっくり這っている
「また更新されていく異人の訪れは世界を再生するための一つの運動としてプログラムされていた」

なぜ、田中は、シンタックスを壊し、喩を際限なく拡張するのだろうか。場面の選択や転換を恣意的といっていい仕方でおこなうのだろうか。彼女のなかには、やはり、主人としての言葉に

対する根本的なあらがいがあるのだ。そのことによって、最終的には、言葉のもっている自恃のようなものを無《な》みしようとしているといっていい。その意味では、田中さとみもまた、汚名を着せられた言葉を選び取ったということができる。事の重大さは、思いのほかといわねばならない。

痛みはすべての形式を拒む

それでは次に、古田嘉彦『移動式の平野』における「詩語の不可能性」について考えてみたい。タイトル自体が、一つの世界をあらわし、カバーの装丁（加納裕）はタイトルのあらわす世界を表象化しているといえるのだが、それにしても移動式の平野とはどういう世界をあらわすのだろうか。

イエスが四〇日四〇夜断食をした荒野とは、見渡す限りの平原だった。草一つ生えない石ころだらけの荒野は、イエスの幻覚のなかで、次々に移り変わっていく世界となり、緑にあふれた遥かな平野となっていった。お前が飢えているならば、荒野の石ころをパンに変えてみよというサタンの囁きは、イエスにとって、何ほどのものでもなかった。イエスの眼前に広がるのは、果てしのない平野、緑で覆われた肥沃な大地だったからだ。

そのような「移動式の平野」が広がっているということが、イエスの飢えを満たした。断食のためにやせ細り、身体中に潰瘍ができている状態だったが、それでも、イエスは、目の前の石をパンに変えるという奇跡を起こすことはしなかった。人はパンによってではなく、神の口から出る一つ一つの言葉によって生きるとサタンに答えた時、イエスは、この移動式の平野のなかでたった一人であることを感じた。

移動式の平野に一人しかいないみなしご

この句に付けられた詞書「痛みは形式を拒む」という一節には、古田嘉彦の俳句形式に対する根源的違和が感じられる。それは同時に、形式に収まらない人間存在の受苦にほかならない。痛みの実存の最初のあらわれとは、イエスの断食に見られる身体的苦痛だが、その最後のあらわれは、十字架から降ろされた傷だらけのイエスの姿に象徴されるものだ。

復活したイエスは、清らかな姿でマグダラのマリヤの前にあらわれたのではない。あの傷だらけの損傷した身体をもってあらわれたのだ。「私に近づいてはいけない」というイエスの言葉は、私の痛みに近づいてはいけないという意味ではないだろうか。なぜなら、痛みはすべての形式を拒むから。

なぜ私は詩というやり方で世界に反応するのか。

「私は、詩というやり方以外では世界に反応できない」それほどまでに私はこの世界に存在しない、存在することをゆるされない。

夜寝るとき、掛布団や枕の何かの布が顔にふれていないと不安になる。そのことに気づいたとき、ダビデ・マリア・トゥロルドの「わたしにはこの顔を撫でてくれる手がない」という詩句を思いだした、そしていかに深く私もそれを求めていたのかを知った。

レヴィナスは「顔の裸出性」ということをいったが、人間存在の根源的な不安は、顔が何ものにも蔽われることなくさらされていることにあるという意味でだった。ダビデ・マリア・トゥロルドの「わたしにはこの顔を撫でてくれる手がない」という詩句は、そのような不安をあらわしている。

そして、顔を撫でてくれるのは、レヴィナスによれば、不安にさらされた存在を最も高きものとして迎接する者にほかならない。その迎接する者とは、顔のみならず傷だらけの身体を裸のままにむき出しにして、私たちのもとにあらわれる存在だ。

過激な暴力は、言葉を扼殺する

過激とは何か。

「水葬」とか「無人駅」と書かれているだけでそれは（私にとって）過激になりだす。あらゆる言葉は過激化の危険性を持つ。

「攻撃＝凍った魚」とメモ書き

私にとって最も過激だったのは、六九年の大学闘争だった。互いに相手を殲滅するまで闘争を続けるという思いがどこからやってきたのかわからなかった。それは、暴力というものが見えない力となって、存在の根底をさらっていくような経験だった。アレントは『暴力について』のなかで、六九年のスチューデント・パワーが、暴力から最も遠いところで噴出してきたのにもかかわらず、えたいのしれない暴力を印象付けるようになったのはなぜかと問いかけ、そこに二十世紀からはじまった世界のメカニズム化を見出している。過激な暴力は、言葉を扼殺する。「水葬」とか「無人駅」という言葉は、言葉の扼殺からのがれた言葉だ。「あらゆる言葉は。過激化の危険を持つ」とは、そういう扼殺からのがれられないということだ。詩の言葉は、世界のメカニズム化に抗するとともに、あらゆる過激な暴力にも抗する。「攻撃＝凍った魚」とはそういう詩語の究極の姿だ。

何と人は未来に起きることに対して無防備なのだろうと、胸が張り裂けそうになった。

夜明けが川べりまでついてきて手毬つき

私は、言葉は未来にやってくるものを現前させると思っている。令和四年十二月に詩人でフランス文学者の山田兼士が亡くなった。山田の晩年の詩集は『冥府の朝』というのだが、これは三年ほど前にウィルス性髄膜炎を患って、入院、リハビリを経て回復するまでの七か月ほどのあいだのことを詩にしたものという。

しかし、タイトルと同名の「冥府の朝」をはじめ、この詩集には、生と死の淵まで下りて行った者が見た世界が描かれている。それを山田は、「臨死体験」と名付けているのだが、そのあまりのリアリティは、山田の死そのものをこちらに呼び寄せているようにさえ思えるのだ。

詩の言葉は、間違いなく、そう遠くなくやってくる死を、こちら側に呼び寄せ現前させようとしている。「人は未来に起きることに対して無防備」なのだが、だからこそ、言葉は、それを防備するかのように未来を呼び寄せるのだ。だが、呼び寄せられた未来は、私たちに「防備せよ」とつたえるのではない、むしろ、その言葉が、いかに稀有のものであったかをつたえるのだ。言葉を生み出す者は、みずからの死を賭けているということである。

人生の終わりが近づき、自分はどこまで到達したのかを考え、苦しくなる。

春なので無数の白鳥の首からむ

人生の終わりが近づいていることを日々感じている私もまた、「自分はどこまで到達したのかを考え、苦しくなる」のだが、同時に、「自分はここまでやって来た、来るはずのないところまでやって来た」という思いにとらわれもする。そういう時には、自分よりも前にこの世を去っていった者たちのことを思い浮かべる。彼らよりも、自分はもっと早くに逝くはずだったのに、なぜか彼らよりも生き残っている。

それは苦痛であるよりも、いいようのない感慨としてやってくる。私の言葉は、私の死を呼び寄せるほどのリアリティを持たなかったからなのか。みずからの死を賭けて言葉を発するということを、行っていなかったからなのか。もしそうだとするならば、表現者として何かが欠けていたといわなければならない。だが、未来の死を眼前に呼び寄せるような言葉を発した者は、他に比べられないほどのことを成し遂げたとしても、それはそれで大きな不幸であったのではないか。

大岡昇平は、中原中也について「中原の不幸は果して人間という存在の根本的条件に根拠を持っているか」「人間は誰でも中原のように不幸にならなければならないものであるか」と問いかけることによって、彼の不幸が、死を呼び寄せるほどのリアリティをもった言葉を発したことに由来するといっているのである。「自分はここまでやって来た、来るはずのないところまでやって来た」という思いは、そのような不幸とは無縁の言葉だ。

「春なので無数の白鳥の首からむ」という言葉には、未来の死を眼前に呼び寄せようとする者の不幸が感じられる。私が綴って来たのは、「春なので無数の白鳥の飛び立ってゆく」という凡庸な言葉だ。だが、私は来るはずのないところまでやって来て、無数の白鳥の飛び立ってゆく先に、自分よりも前にこの世を去った者の思いを心に描いている。

苦痛の実存へのこだわり

さらに読み進めてみよう。

ヘーゲルは自由について語ったあと、まず苦痛について書かずにいられなかった。それは励ましの言葉でもある。

血だらけの五角形の風呂に一日いる

ヘーゲルの影響を受けたマルクスは、自由について語る前に苦痛について語らずにいられなかった。人間は、存在自体が苦痛を負わされているということを、疎外という言葉で語ろうとした。一般的に、この言葉は、社会的存在としての人間のありかたについていわれるのだが、マルクスにとっては、人間は苦痛を背負わされてこの世界に存在するということだった。だからこそ、人間はこの苦痛を情熱に変えることができると考えた。

苦痛も情熱もパッションという言葉であらわされる。それは、受苦＝情熱という表現であらわされるものだが、私は、苦痛を負わされているという思いは、自分だけではなく、自分よりももっと大きな苦痛を負わされた存在へと向けられるのではないかと考え、これを共苦＝コンパッションととらえた。マルクスの受苦＝情熱には、まちがいなくこの共苦《コンパッション》が裏打ちされている。そして、「自由について語ったあと、まず苦痛について書かずにいられなかった」ヘーゲルをとらえていたのもこの共苦《コンパッション》ではないだろうか。

自分よりももっと大きな苦痛を負わされた存在への共苦《コンパッション》からするならば、「血だらけの五角形の風呂に一日いる」者の苦痛に手を延べようとしない者は、いないのである。

水の中で暮らしていた頃は、話そうとしても口から泡が出るだけで声にはならなかった。
水栽培の少女≠翡翠、銀貨

安藤元雄に『水の中の歳月』という詩集があるが、ここであらわされているような苦痛の実存というものは認められない。それよりも、「水の中の歳月」「水の中で暮らしていた頃」を懐かしむような思いが随所に認められる。言葉の根のところに幸福感がつまっていて、言葉はそこに何度でも回帰しようとする。

だが、「水の中で暮らしていた頃は、話そうとしても口から泡が出るだけで声にはならなかった」という表現には、存在の閉塞感が、不思議なリアリティのもとにあらわされている。ここには幸福や至福というものの入り込む余地がない。安藤元雄に比べるならば、世代的な隔たりということもあるのだろうが、やはり、古田嘉彦のなかには苦痛の実存へのこだわりがある。そのためというか、そういう表現が、稀有のイメージをつくりだしているところがあって、これはこれで、他にないものといわなければならない。

「水栽培の少女≠翡翠、銀貨」には珍しく清新なイメージが認められるが「≠」はやはり、その清新さにすべてをゆだねることへの警戒感が感じられる。「翡翠、銀貨」とは等しくない「水栽培の少女」とは何だろうか。言葉を脱臼させずにはいられない作者の衝動が感じられる。

罪悪感、恥辱、自分の愚かさへの嫌悪、そこで緻密であることは困難だ。しかし時間が神から与えられるものであるという認識がすべてを新しくする。

ゼロのキー押し続け　悪い意味での「白い」

私は、他人に対して顔向けのできないようなことを行ったという意識はない。他人から見れば、私のために大きな苦痛を味わわせられたという思いがあるかもしれないが、私は、そのことに苦しめられるということはない。ただ、私はともに行動していた者たちを裏切ったという思いが強くある。それは、まさに「罪悪感、恥辱、自分の愚かさへの嫌悪」となってあらわれてきたのだが、一方で、ともに戦ってきた者たちは、本当に正しかったのかという思いがある。私は、彼らを裏切ったことにむしろ意義を認めなければならないという考えのもとに、ヘーゲルの主人と奴隷の承認をめぐる闘争における「奴隷」の立場を受け入れることにした。

主人に屈することによって奴隷となることは、「罪悪感、恥辱、自分の愚かさへの嫌悪」なしにはありえない。しかし、私の場合、この屈辱を拭い去るためには何をすべきかを考えた時に、「時間が神から与えられるものであるという認識がすべてを新しくする」という思いに向かうことはなかった。そういう思いがやってこなかったのである。私にやって来たのは「時間は共苦《コンパッション》から与えられるという認識であり、そこから自分の苦痛を通して自分よりもさらに苦しんでいるものへと思いを向かわせるという考え」だった。

それは、まさに「すべてを新しくする」ようなこのうえない思いだった。「ゼロのキー押し続け「白い」」という言葉が不意にあらわれてくるような。

まるで自分で悲しみを探しているかのように次から次とつらい思いをさせられる出来事が続く。しかし神は、勇気を出しなさい、海の底にも道がある、と言われる。

川べりの頻度　水で書いた置き手紙

「勇気を出しなさい、海の底にも道がある」という言葉の何と大いなる響きであることよ。

第十章　デタッチメントからアタッチメントへ
——村上春樹『アンダーグラウンド』から『騎士団長殺し』へ

「共苦《コンパッション》」というエートス

メジャー・リーグでの大谷翔平の活躍には、眼を見張らせるものがあった。投手として、打者として前代未聞の成績を残しただけでなく、その人間性に対してもまた、称賛の声が惜しまれなかった。

厳しい内角攻めにあい、最後は膝元にボールをぶつけられても、決して怒ることなく、相手チームの一塁手と談笑している様子を見るにつけ、私など、宮沢賢治の「雨ニモマケズ」の、「決シテ瞋ラズ／イツモシヅカニワラッテヰル」という一節を思い出してしまった。「雨ニモマケズ」には、賢治の理想像が投影されているといわれているが、もともと東北の地には、「雨ニモマケズ」でうたわれたようなエートスを無意識のうちに身に着けている人間が、多く存在していた。大谷翔平は、その中の一人にすぎないということもできる。

東日本大震災以来、私は、東北人のエートスということを折に触れて語りかけてきた。それを他者の苦しみや痛みを共にするという意味で、「共苦《コンパッション》」という言葉であらわしてきたのだが、どんなに辛いところに追いやられても、そうであるからこそ、自分よりももっと苦しい立場、辛い場所に陥っている人々に眼を向けずにいられないというありかたといえる。

大谷翔平は、野球で勝ち負けを競っているので、そういうものとは無縁と思われるかもしれない。しかし、勝つことだけにすべてを賭けているかぎり、その「人間性」まで称賛されるはずはない。たとえ、スポーツであっても、勝利した人間には、敗れた人間に対する配慮があっていいはずという思いがどこかにあるから、あのような振る舞いが生まれるのではないだろうか。

大谷翔平に匹敵する存在を文学の世界に求めるとしたら、誰を挙げることができるだろう。私は、躊躇なく村上春樹を挙げる。

村上春樹は、神戸市の出身で、東北の地とは無縁といわれそうだが、東北人のエートスは、日本人全体に流れていて、それは人間の根底に流れている普遍的なものなのである。それだけでなく、村上春樹の長編小説『騎士団長殺し』には、妻に去られた主人公の「私」が、東北から北海道の旅に出かけるという設定がある。

妻は、難病のため幼くして他界した妹にそっくりの女性で、その妻の面影を胸に抱いて、東北から北海道へとあてのない旅をするのである。病いに倒れた妹トシの面影を抱いて、オホーツクまで旅をした宮沢賢治を彷彿とさせるのだが、村上春樹は、おそらく、賢治を頭に置いてはいなかった。だが、賢治の旅が「オホーツク挽歌」という長編詩を生み出したように、妻に去られた「私」の旅は、『騎士団長殺し』のその後の展開に寄与するのである。

「オホーツク挽歌」の主題は、共苦《コンパッション》にあると私は思っているのだが、そこで、賢治は妹の死を悼みながら、その哀悼の思いが、どうすれば妹と同じように、いや、それ以上に、苦しみや痛みを負わされてこの世から去っていった人々に届くのだろうかと問いかけているからだ。同じように、村上春樹は、『騎士団長殺し』において、妻に去られた「私」の悲しみが自分一個にとどまらず、当の妻から初めて、さまざまな登場人物たちの心を占めている様子を描き出していく。そのなかで、どうすれば、そのような悲しみから身を解き放つことができるのだろうかと問いかけているのである。

村上春樹は、恋愛をテーマにした小説家として知られているが、阪神淡路大震災と地下鉄サリン事件を機に、〈デタッチメントからアタッチメントへ〉ということをとなえるようになった。その成果の一つが、地下鉄サリン事件の被害を受けた人々へのインタビューから成る『アンダーグラウンド』というノンフィクション小説だ。この作品は、発表された当時、否定的な評価が多かった。それは、恋愛小説によって人間の内面を描いてきた村上春樹が、サルトル的なアンガージュマン（社会参加）へと向かうようになったという批判だった。

しかし村上春樹のアタッチメントには、それに限ることのできない意味がある。地下鉄サリン事件や阪神淡路大震災を、否応のない災厄ととらえることによって、人間は、この災厄の中からどのように生きる道を見出していくかを問うていく、それが、アタッチメントなのである。その根底には、苦しみや痛みを負わされた人々への共苦《コンパッション》が息づいているといえる。村上春樹は、東日本大震災に先駆けて、そのようなエートスに光を当てていたということもできるのである。

「飢えた子供を前にして文学に何ができるのか」というのは、アンガージュマン（社会参加）

をとなえたサルトルの言葉だが、ここにもまた「飢え」に象徴される苦しみや痛みに、文学はどこまで寄り添っていけるのかという問いが込められている。しかし、サルトルは、一方において、そういう「飢え」が、政治の矛盾から生み出されているとするならば、文学者は、社会参加をすることによって、そのような政治の歪みを正していかなければならないと考えた。

村上春樹のアタッチメントには、このサルトルの考えに通ずる点がないとは限らないのだが、直接的な社会参加、政治的な抗議運動にはそのまま結びつかない。たとえば、アドルノは、「アウシュヴィッツ以後、詩を書くことは野蛮である」という言葉を発した。アドルノ自身も、アウシュヴィッツ以後、文学は「野蛮」であることからのがれられないと考えていたのだが、村上春樹のアタッチメントは、この「野蛮」に通ずるところがある。「野蛮」を字義通り受け取るのではなく、何か見えない暴力のようなものによって苦しみを負わされた人々にほんとうに寄り添うには、みずからもまた、暴力と無縁ではいられないといった意味においてである。

「神話的暴力」と「神的暴力」

このことについて考えるには、アウシュヴィッツをもたらしたナチスの手を逃れるために、亡命を企てながら、ピレネー山中の小さな町のホテルで、モルヒネ自殺を図り、四八年の生涯を閉じたベンヤミンの思想について考えてみなければならない。

ベンヤミンは、左派勢力と右派勢力が結託したような現政権を倒してドイツ革命を成し遂げようとしたローザ・ルクセンブルクやカール・リープクネヒトから大きな思想的影響を受けていた。しかし、彼らのような政治参加に身を投ずることがなかった。彼らのアンガージュマンが、自分の身を危険にさらすことなしには行われえないものであり、事実、彼らは、敵対する権力によって虐殺されるにいたった。アンガージュマン（社会参加）というのが、最終的には、そこまでいくものであることを目の当たりにしたベンヤミンは、政治権力の本質は、暴力にあると考えた。

それは、敵対する権力だけでなく、政治的なものすべてが暴力を本質としているという考えだった。ベンヤミンは、そのような暴力を「神話的暴力」と名づけるのだが、ここが、サルトルのアンガージュマンと根本的に異なるところなのだ。「飢えた子供を前にして文学に何ができるのか」という問いを発した時、サルトルには、アンガージュマンを推し進めていくならば、「飢え」からの解放がなされうるという考えがあった。しかし、ベンヤミンからすると、政治的なものにはたらく暴力は、容易なことでは解放をもたらすことがないと考えた。解放どころか、敵対する者どうしのいがみ合いや血で血を洗うような争いをもたらしてやまないというのがベンヤミンの考えだった。

村上春樹の『騎士団長殺し』には、このような暴力が描き出されているのである。東北から北海道までのあてのない旅から帰ってきた肖像画家の「私」は、親友で美術大学の同級生だった雨田政彦の父親で、高名な日本画家である雨田具彦のアトリエ兼住居に身を落ち着けることになるのだが、そこで、偶然に雨田具彦が描いた「騎士団長殺し」という油絵に遭遇する。雨田具彦は、ドイツ留学時にナチスへの抵抗運動に参加し、ともに活動していた恋人をナチスの手で殺害されるという過去を背負っていたのである。「騎士団長殺し」という絵には、雨田具彦の過去がそのまま映し出されていた。

「私」を打ちのめしたのは、その絵が、暴力の記憶をこのうえないまでにあらわしているということだった。つまり、そこにはベンヤミンのいう「神話的暴力」が描き出されているのだ。そこで、ナチスやアウシュヴィッツは地下鉄サリン事件や阪神淡路大震災と同様、人間に襲いかかる否応のない暴力とみなされている。それにとらわれた人間が、その中からいかにして生きる道を見出していくか、それだけでなく、いかにして創造の糸口を見出していくかが問われているといえる。村上春樹は、そのようにして、『アンダーグラウンド』によって手にしたアタッチメントというモティーフを深化したのである。

ベンヤミンは、人間に襲いかかる「神話的暴力」をどのようにして克服するかについて、熟慮を重ねた末に「神的暴力」という考えをうるにいたった。いったい「神的暴力」とはどういうものだろうか。

まず、ベンヤミンは、この暴力は、「生と死と死後の生とをつらぬいて人間のなかに存在する生命」をかきたてる暴力であり、純粋で直接的な暴力であるという。さらに、この暴力は、人間に対して罪からの「贖い」を求めるのではなく、罪そのものを取り去ろうとする（『暴力批判論』野村修訳）。そして、生命の根源に根ざした純粋な暴力としての神的暴力が、罪そのものを取り去るのは、「罪あるもののあがないのためにいけにえとして死んでいく」（『ゲーテ　親和力』高木久雄訳）存在のうちに、その力が体現されるときにほかならないというのである。

これだけでは、本当のところ何をいっているのか分からないのだが、村上春樹のアタッチメントに引き寄せてみると、何となくわかるような気がしてくる。アタッチメントはどこからやって来たのかと問うてみるならば、阪神淡路大震災や地下鉄サリン事件において、まさに「神話的暴力」を感じ取ったところからだった。それだけでなく、村上春樹は、『ねじまき鳥クロニクル』において、ノモンハン戦争から帰還した間宮中尉という人物の極限体験を描き出すことによって、「神話的暴力」のおそろしさにふれているのである。

困難な状況の中でいかに生きるか

ノモンハン戦争において捕らわれの身となった間宮中尉は、ある涸れた深い井戸へ連れていかれ、射殺されるか井戸へ飛び込むかの選択を迫られる。思い切って井戸に飛び込んだ間宮中尉は、一日のうちで正午に近い時間、太陽が中天に達する何十秒かのあいだ太陽の光が暗い井戸の底まで射し込んできて、全身を包み込むという体験を得る。

それが一度ならず二度やってきたとき、間宮中尉は「私は自分が再びその圧倒的な光に包まれていることを知りました。私はほとんど無意識に両方の手のひらを大きく広げて、そこに太陽を受けました。それは最初のときよりもずっと強い光でした。そして最初のときよりもそれは長く続きました。少なくとも私にはそう感じられました」というのである。このとき、彼は、この

「見事な光の至福の中でなら死んでもいい」「いや、死にたいとさえ」思ったという。「人生の真の意義とはこの何十秒かだけ続く光の中に存在するのだ、ここで自分はこのまま死んでしまうべきなのだ」と。

　このときおそらく間宮中尉は、イデアの光といったものを感じていたのだ。それは、彼の中の憎しみや恨みといった感情をすべて溶かしてしまい、どのような拘束からも解き放ってくれるような光であった。自分はここでこのまま死ぬべきであったという彼の言葉は、そういう光というのが、「死にいたるまでの生の高揚」（バタイユ）をもたらすということを告げ知らせてくれる。

　しかし、ほんとうに存在を左右するのは、そのような光に照らされたということでもなければ、そのような光に包まれて死にいたるまでの生の蕩尽にあずかったということでもない。むしろ、圧倒的なイデアの光によっても解き放たれることのできない存在とは、どのような宿命を負わされるのかということなのだ。

　間宮中尉は、そのことを「私は死ぬべきであった時間に死ぬことができなかった」「私はここで死なないのではなくて、ここで死ねなかったのです。おわかりになりますか。そのようにして私の恩寵は失われてしまったのです」という言葉であらわす。彼はそのようにして、一度あたえられたかにみえた「恩寵」を失くした人間として、帰還するのである。

　村上春樹は、このような間宮中尉の極限体験を描くことによって、「神話的暴力」のおそろしさをつたえたのだが、一方において、そこに「神的暴力」を示唆することを怠っていない。つまり、「神的暴力」というのは、間宮中尉の飛び込んだ深い井戸のさらに奥からあらわれてくるということである。その深い井戸には底というものがなく、洞窟のようなものにつながっている。その「洞窟」から「生と死と死後の生とをつらぬいて人間のなかに存在する生命」をかきたてる暴力があらわれてくるということをである。

　プラトンの『国家』においてソクラテスは、このような洞窟についてこんなふうに語りかける。暗い洞窟のなかで、人間たちは、生まれながらに壁に向かって縛られている。そういう洞窟というのは、実は、私たちの内部に秘められているのであって、その洞窟をのぞいてみるならば、私たちとは、鉄の鎖でもってたがいに拘束し合っている存在である。そのことに気づき、そこからうまれる憎しみや怨みから解き放たれるためには、イデアの光といっていいものにあずかるほかにない。

　イデアの光とは、井戸の底の間宮中尉に差し込むだけでなく、ほんとうは、さらにその奥に続いている洞窟にまで差し込むものだったのだ。そして、その洞窟の奥に拘束された存在にまで届くのだが、同時に、この光は、どのように圧倒的な光によっても解き放たれることのできない存在がいることを告げ知らせるものなのだ。それは、ベンヤミンの言葉を借りれば、「罪あるもののあがないのためにいけにえとして死んでいく」（『ゲーテ　親和力』高木久雄訳）ような存在なのだが、まさに、そのような存在を通して「神的暴力」があらわれてくるのである。

　村上春樹は、『ノルウェイの森』において理由のない死を死んでゆく人間たちを幾人も描き出した。彼らこそ、どのように圧倒的な光によっても解き放たれることのできない存在なのである。にもかかわらず、キズキにしても、直子にしても、直子の姉にしても彼らが、「罪あるもののあがないのためにいけにえとして死んでいく」ような存在だったと取ってみるならば、彼らの死を悼む主人公の「僕」や、それをわがことのようにして受け取る者を通して、この「神的暴力」があらわれてくると取ることはできないだろうか。

『ノルウェイの森』は、主人公の「僕」がドイツ、ハンブルク空港へ着陸しようとする飛行機のなかで、恋人だった直子との思い出を回想するシーンから始まる。その回想のなかで直子が森の中の井戸のことを話すシーンがある。直径一メートルばかりの暗い穴が、鬱蒼と茂った雑木林のなかにあって、柵も囲いもなく、縁石は風雨にさらされて変色している。ふだんは草に覆われているのだが、身を乗り出して覗き込んでみると、見当もつかないくらい深い穴があいていて、濃密な闇が奥まで続いている。

直子は「僕」にこのような暗い井戸の話をしながら、自分はいつかその井戸に落ちてしまい、最後にはだれからも忘れ去られるかもしれないという。たとえそういうことがあっても、自分のことをいつまでも憶えていてくれるだろうかと、「僕」に問いかけるのである。いったいこの「井戸」とは何なのだろうか。

直子が、この暗い井戸のなかに落ちていくような不安にとらえられるのは、自分の存在が自分のものではないように感じられるときである。みずからの存在の場所に実在感がないと感じられるとき、鬱蒼と茂った雑木林のなかにあって、柵も囲いもなく、縁石は風雨にさらされて変色しているあの井戸が目の前にあらわれる。のぞきこんで見ると、そこには底がなく、洞窟のようなものへとつながっている。直子の怖れや不安は、この洞窟の奥からやってくるのではないだろうか。

村上春樹は、そういう直子の不安と死を描き出すことによって、「神話的暴力」によって死にいたらしめられた無数の人々の痛みや苦しみに言葉をあたえようとしたのである。『騎士団長殺し』の「私」が、東北から北海道へとあてのない旅をしていたとき、無意識のうちに雨田具彦の「騎士団長殺し」という絵との出会いを予兆のように感じ取っていたのであり、そこから、アウシュヴィッツに象徴される「神話的暴力」によって死にいたらしめられた人々の苦痛や痛みへのコンパッションを養っていったようにである。

そのような村上春樹の小説は、現在のコロナ禍にあっても、この困難な状況の中でいかに生きるかを私たちに示唆するものといえる。それは、『ノルウェイの森』をはじめとする優れた恋愛小説が、どうにもならないものに動かされて悲劇に陥っていく人物たちを描きながら、読む者に対して、そのどうにもならないものに遭遇した時、いかに生きるかを示唆してくれるのと同様にである。

第十一章　代わりに死んでくれる存在
――大江健三郎『さようなら、私の本よ！』カズオ・イシグロ『わたしを離さないで』

私にとっての大江健三郎

大江健三郎が亡くなったという知らせを聞いて、私にとっての大江健三郎ということを考えてみた。私にとっての大江健三郎は、『さようなら、私の本よ！』の作家大江健三郎以外ではなかった。十五年ほど前、この本が出版されるや、大きな反響を呼んだ。さまざまに論じられる中で、私なりに、この本について考えてみたいと思った。その時考えたことは、『読む力・考える力のレッスン』に収録されることになったが、おもに教育書として読まれたため、大江健三郎本人をはじめ文学・思想に携わっている人たちには読まれる機会が少なかった。これを機会に、その時の文章を少々書き換えたものを故大江健三郎に捧げたいと思う。

自分にとってのもう一人の自分

『さようなら、私の本よ！』には、自分の代わりに死んでくれる人間という言い方で、大江健三郎自身をモデルにした主人公、長江古義人《ちょうこうこぎと》と長幼の間柄にある椿繁《つばきしげる》という人物が登場する。母親どうしが強い絆で結ばれた二人は、少年の頃から、切っても切れない仲だった。年上の椿《つばき》繁《しげる》にとって、長江古義人《ちょうこうこぎと》は分身のような存在であり、自分の代わりに死んでくれる存在だったのだ。

奇妙な話だが、二人の母親は、それぞれの子供を、相手の子供のために死ぬ人間に育てようという密約を結んでいたというのだ。そのことを作家の古義人《こぎと》は長いこと無意識の底に沈めていた。ところが、長く会うことのなかった椿繁《つばきしげる》が、古義人《こぎと》の前に現れることで、不意におもてにあらわれてくる。

著名な建築学の教授として長くアメリカで教鞭をとっていた椿繁《つばきしげる》は、いまや七十歳の老いの身となって、やはり、著名な作家であるとともに、死期の遠くない古義人《こぎと》の前に現れ、少年の頃に母親が自分にくりかえし語りかけたという言葉をつたえるのだ。「おまえには子供がついている。おまえの代わりに死んでくれる子供が」と。

普通だったら、こんな人物がいきなり目の前に現れたならば、おぞけをふるうほど忌み嫌い、一刻も早く消えてほしいと念じるのではないだろうか。ポーの「ウィリアム・ウィルソン」では、学校時代、自分とすがたかたちから、性格、考え方にいたるまでそっくりだった人間が、卒業して何年かたったある時、不意に目の前に現れる。それ以来、ウィリアム・ウィルソンは胸騒ぎにとらわれるようになり、結局、この人間を刺し殺してしまう。

しかし、長江古義人《ちょうこうこぎと》にとって何十年かぶりに自分の前に現れた椿繁《つばきしげる》は、自分の分身であるだけでなく、数年前にみずから命を断った親友の映画監督塙吾良《はなわごろう》の分身でもあったのだ。

代わりに死んでくれる子供

大江健三郎は、前作である『取り替え子 チェンジリング』において、塙吾良《はなわごろう》の死が、長江《ちょうこう》古義人《こぎと》にどのような精神の危機をもたらしたかを、吾良《ごろう》とともに過ごした青年期の衝撃的な挿話を交えながら語りかける。吾良《ごろう》もまた古義人《こぎと》にとっては、分身のような存在であったのだが、彼の自殺は、古義人《こぎと》に生と死の境界を見失わせる。そんなとき、古義人《こぎと》のなかに、やはり少年の頃に母親がくりかえし彼につたえた言葉がよみがえってくる。「大丈夫。たとえ死んでも、もう一度、おまえを生み直してあげるから。おまえが生まれて、いままでにしてきたことを、新しいおまえにぜんぶ話してあげるから、大丈夫」という言葉が。

この話は、実際には、『取り替え子 チェンジリング』より前に発表された随筆に、自分の経験したこととして出てくるものだ。少年の頃、世の中を避け、学校を嫌って、森の奥へと迷い込む。激しい雨が降り、土砂が崩れ、帰り道を見失ってしまった少年は、高熱にとらえられ、人事不省におちいってしまう。生と死の境まで行ってしまった少年を、こちら側に引き戻したのが、母親のあの「おまえが死んでも、もう一度、生み直してあげるから」という言葉だったのだ。

『取り替え子 チェンジリング』では、この随筆をそのまま取り入れることによって、子供を取り替えるというタイトルの意味するところを示唆する。それは、古義人《こぎと》だけではなく、この話に触れて再生の思いを抱く吾良《ごろう》にゆかりの一人の女性や、彼女の思いを受けとめる古義人《こぎと》の妻で吾良《ごろう》の妹でもある千樫《ちかし》に大いなる安堵をあたえるものである。古義人《こぎと》は、これによって吾良《ごろう》の死がもたらした精神の危機から脱するきっかけを得ていく。

しかし、この「生み替え」の話を額面どおり受け取ることができるかどうか疑問の余地がないとは言えない。古義人《こぎと》が吾良《ごろう》の分身であり、吾良《ごろう》が古義人《こぎと》の分身であるからこそ、一方の死は、他方に、死に値するほどの苦しみをあたえたのだ。たとえ、代わりに生まれてくる子供がいたとしても、一人の人間の死をあがなうことはできないのではないか。

生まれてくる子供が、死んだ吾良《ごろう》と「すっかり同じ」人間として成長することがあったとしても、吾良《ごろう》の死という事実を消し去ることはできない。古義人《こぎと》は、そのことを、あたかも自分のことであるかのように、いや実際に自分自身のこととして感じ取っていたからこそ、精神の危機に陥っていたのではなかったか。大江健三郎は、そのような疑問にこたえるように、『さようなら、私の本よ!』のなかで、古義人《こぎと》と吾良《ごろう》のもう一人の分身として、椿繁《つばきしげる》を登場させたといえる。椿繁《つばきしげる》だけでなく、古義人《こぎと》の母親が、あらためて出てくるのだが、「もう一度、生み直してあげる」という言葉を子供に語ったあの母親としてではない。椿繁《つばきしげる》の母親との間に、子供を、相手の子供のために死ぬ人間に育てようという密約を結んだ母親としてだ。

ここから、古義人《こぎと》の母親は、「生み直してあげる」という話を子供につたえながら、同時に、「代わりに死ぬということ」の意味についても話していたことが分かってくる。古義人《こぎと》は、椿《つばき》繁《しげる》が現れるまでそのことを無意識の奥にしまいこんで失念していたのだ。実際、『取り替え子 チェンジリング』で、母親の生み変えの話をきっかけに、精神の危機を脱したかにみえた古義人《こぎと》だが、それから数年たって、吾良《ごろう》の死という現実のむこうに、もっと深い死の怖れがひかえていることに気づいていく。

古義人《こぎと》のなかには、日本を代表する作家として、国際的な賞をあたえられ、名誉も地位も申し分のないかたちで手に入れたにもかかわらず、満たされない思いが残っている。生涯の最後に、死をものともしない壮大な小説をくわだてるものの、遅々として先に進まない。古義人《こぎと》は、時にこんなふうに思う。自分は死を前にして、無信仰の小さな老人そのものにすぎない。胸のうちでは、酔って泣き、遠くにあるものへかきくどくようでもあった五十代初めより、もっと荒涼としている、と。

そんな古義人《こぎと》の前に、数十年ぶりに椿繁《つばきしげる》が、すがたをあらわすのだ。古義人《こぎと》よりも年長で、アメリカの建築学の教授としていくつもの業績を残し、世間的には押しも押されもしない地位にある椿繁《つばきしげる》が、古義人《こぎと》以上に、深いよるべなさにとらえられていたことが明らかになってくる。押しも強く、度量も申し分のない椿繁《つばきしげる》だが、古義人《こぎと》を少年の頃から自分の代わりに死んでくれるスペアとみなして、いわば、その存在を拠りどころとしているところがあったのだ。

そんな椿繁《つばきしげる》からみて、古義人《こぎと》のとらわれている死の恐怖は、決して認めることのできないものだった。むしろ、古義人《こぎと》こそが先導者となって、椿繁《つばきしげる》の恐れが向かうべき方向を示してほしい、そう切に願わずにいられないのである。

世界を震撼させる計画

そうこうしているうちに、ある「事件」が起こる。

この小説には、さまざまな登場人物が現れて、読者の興味をかきたてていくのだが、とりわけ椿繁《つばきしげる》を信奉する五人の若者の行動は印象に残る。武《たけし》とタケチャン、清清《しんしん》、ウラジーミル、ネイオ、彼らに惹かれるのは、読者だけではない。古義人《こぎと》もまた、彼らとの間に、特別な絆をつくっていく。事件というのは、ほかでもなく、武とタケチャン、ネイオの三人が、北軽井沢の古義人《こぎと》の山小屋に居候をしているあいだ、この山小屋が、彼らのなかの二人、武とタケチャンの手で爆破されるというものだ。留守にしていた古義人《こぎと》は、難をのがれるのだが、誤って二人のうちの一人タケチャンが、爆死してしまう。

もともと、椿繁《つばきしげる》がアメリカから帰国したのにはわけがあった。九・一一同時多発テロに震撼された椿繁《つばきしげる》は、核兵器に象徴される国家の巨大暴力に対抗する手段として、都市の超高層ビルを、核を揺るがせるような爆発物の構造にする計画をくわだてる。アンビルドと名づけられた爆破物設置計画は、彼ら五人の若者によって進められ、東京の超高層ビルを皮切りに全世界に広められようとしていた。この計画を実現するにあたって、犠牲者を出さないということが、必須の条件とされる。ワールド・トレード・センターへの自爆テロは、何千人という犠牲者を出した時点で、巨大暴力に対抗する暴力装置の意味をなくしているというのが、椿繁《つばきしげる》の持論だ。

爆破に当たっては、計画を予告して、住人をすべて避難させなければならない。椿繁《つばきしげる》は、その爆破計画を知らせる役割を、国際的な文学賞を受賞した作家として社会的に信用度の高い古義人《こぎと》に引き受けさせるのだ。古義人《こぎと》が、家族から離れて北軽井沢の別荘に武とタケチャン、ネイオの三人とともに暮らすことになったのはそのためだった。一種の軟禁状態ともいえるのだが、古義人《こぎと》のなかに、椿繁《つばきしげる》の計画を受け入れ、彼ら若者たちの生き方に共鳴する部分がなければ、そこまではしなかった。

しかし、結局この計画は「ジュネーヴ」という国際組織からの干渉によって、頓挫することになる。その代わりということで、古義人《こぎと》の別荘が爆破の対象としてえらばれる。椿繁《つばきしげる》の提唱したアンビルド理論を実践するためには、何としても第一歩を踏み出すことが必要だったからだ。その試みは、古義人《こぎと》も了解のうえで、彼自身、別荘を空ける何日かの間に行われることになる。ところが、爆破は予定よりも一日早く行なわれ、椿繁《つばきしげる》による犯行声明が報じられるのだ。それにくわわった若者の一人、タケチャンが、誤って爆死したという事実も、そのときつたえられる。その一部始終を滞在中のホテルで知った古義人《こぎと》は、愕然として、仕事がまったく手につかなくなってしまう。

あらたな「兆候」

この五〇〇ページにわたる長編小説は、現代日本における最もすぐれた作品といっていいのだが、終章にいたって、ある広やかな世界があらわれてくる。舞台は大江健三郎の作品になじみ深い四国の森だ。マスコミによって、アンビルド爆破計画への間接的な関与を疑われた古義人《こぎと》は、一人、ふるさとの「森の家」で隠棲生活を送っている。そこに、椿繁《つばきしげる》が、バンコックを経由してやってくる。アメリカに戻り、アンビルドの教本をめぐって、さまざまな場所で講演に呼ばれるようになった椿繁《つばきしげる》は、革命家としてよりも、老いたトリックスターとして迎えられるようになっていたのだ。

久しぶりで、落ち合った二人は、森の奥の大きな木のもとで話をする。話題は、少年の頃のさまざまな思い出におよぶが、とりわけ、それぞれの母親が話したという、死んだ子供を生み替える話と代わりに死んでくれる子供の話。椿繁《つばきしげる》にとって長い間、古義人《こぎと》は、自分の代わりに死んでくれるスペアのような存在だった。椿繁《つばきしげる》のかかえていた、もっていき場のないよるべなさは、アンビルド理論を実践することと、それをきっかけに、自分のスペアである作家の古義人《こぎと》が、死をものともしない小説を書くことでしかいやされないものだった。だが、そのような思いも、別荘爆破とともに吹き飛んでしまった。実際に爆破を行なうことによって得たものは、タケチャンの爆死という事実だけだったからだ。椿繁《つばきしげる》は、そのことによって、さらに深い迷いのなかに投げ込まれてしまう。

ところが、生き残った武と、二人の関係をかたわらで汲み取っていたネイオによって、思いがけないことがつたえられる。ネイオによれば、武とタケチャンは、椿繁《つばきしげる》と古義人《こぎと》のように、一方が他方の分身であり、たがいに相手の代わりになるような存在であったのだ。でも、彼らは、相手を自分の代わりに死んでくれる存在とみなしていたのではない。むしろ、自分を相手のスペアとみなすことによって、相手が自分の代わりに生きていくことを考えていた。

万一のことが起こった場合、生き残った方は、死んだ片割れがそれまで自分でしたこと、見たり聞いたりしたこと、読んだことのすべてを引き継ぐ。そのようにして死んだ片割れの代わりに生き始める。武は、爆死したタケチャンのすべてを引き受けて、タケチャンの代わりに生きるのだ。彼らは、そんなふうにして、自分の死後、代わりに生きてくれる者との二人組を構想していた。それは、椿繁《つばきしげる》が死にそうになったら、古義人《こぎと》が代わりに死んでくれるという椿繁《つばきしげる》と古義人《こぎと》とのあいだで交わされた構想よりも、ずいぶんと本当らしかった。そう、ネイオは、椿繁《つばきしげる》につたえたのだ。

生き残った武は、死んだタケチャンの代わりに生き直すよう力を尽くしている。それは、世界のどこかで小さな暴力装置を一つでも多く発動させるということだ。そのことに気がついた椿《つばき》繁《しげる》は、はじめて死の恐れから解き放たれ、自分の代わりに死んでくれる存在などいらないと思う。武がタケチャンの代わりに生き直しているというサインが、アンビルドの爆破を通してつたわってくる時、自分もまた、誰かの代わりに生き直しているものであることが感じられるからだ。そして、そう遠くないあるとき、死がやってきたとしても、誰かが自分の代わりに生き直して、このアンビルド計画を世界のすみずみまで広げていくにちがいない。椿繁《つばきしげる》は、そのことを古義人《こぎと》につたえる。

古義人《こぎと》は、椿繁《つばきしげる》の話に耳を傾けながら、心のなかにあることを打ち明けたいと思う。それは、古義人《こぎと》が「森の家」に隠棲してから半年たって書きはじめた「徴候」という題の膨大な創作日誌についてだ。別荘爆破事件とタケチャンの爆死によって、深く傷ついた古義人《こぎと》は、もはや、死をものともしない壮大な小説を書く力を失ってしまう。結果として、さまざまな世界に現れた「壊れてしまった人間、恢復することのできない人間」の「徴候」を、膨大なメモのように書き記すのが精一杯となっていた。

ところが、椿繁《つばきしげる》の話を通して、古義人《こぎと》は、爆死したタケチャンこそが最も壊れてしまった人間、恢復することのできない人間であったことに気がつく。そういう人間であるタケチャンを、生き残った武が、力を尽くして生き直そうとしている。もしそうだとするならば、「徴候」という膨大なメモを読み取って、そこに記された人間たちの代わりに生きはじめる者を小説にする人間が現れないとはかぎらない。それは、自分の代わりに生き直してくれる子供にこそあたえられる力だ。

そう考えた古義人《こぎと》は、「徴候」のしまっておく棚を十三、四歳の子供なら誰でもそこに置かれた箱を開いて、なかのものを読める高さにしておく。そうすれば、ひとりの子供が「徴候」に読み取ったすべてに抗い、考え続け、生き続けたことを一冊の小説作品に書くことはありうるからだ。そのとき、古義人《こぎと》は、「徴候」だけでなく、これまで書き残してきたすべての作品に対して、

「さようなら、私の本よ!」ということができると思う。同時に、少年の自分に「大丈夫、たとえどんなことがあっても、もう一度、おまえを生んであげるから」と語った母親の言葉が、はじめて腑に落ちたように思われる。それは椿繁《つばきしげる》を通してつたえられた「おまえには子供がついている。おまえの代わりに死んでくれる子供が」という言葉とペアになったとき、意味を成す言葉だったのだ。

代わりに死んでくれる子供のすべてを引き継いで、その子供を生き直すこと、そういう存在として、おまえをもう一度生んであげる、母親は少年の古義人《こぎと》にそう言おうとしていたのだ。

わたしを離さないで

大江健三郎の作品では、実際には、古義人《こぎと》の母親がつたえようとしたことは書かれていない。でも、自分にとってのもう一人の自分ということを考えていくと、結局のところそういうところに行き着くのではないか。そう思われるのも、このことを違ったかたちであらわしたたいへん印象深い小説に出会ったからだ。それは、カズオ・イシグロというイギリス国籍の作家の『わたしを離さないで』という作品だ。

カズオ・イシグロは、映画『日の名残り』の原作者として広く知られている。英国上流貴族邸ダーリントン・ホールの執事を描いたこの小説は、一九三〇年代という政治的混乱の時代を背景に、一上流貴族邸にくりひろげられたさまざまな人間模様を回顧するところから成っている。執事の、主人に対する忠誠心とみずからの地位と職業に対する誇り。そこには、分身やドッペルゲンガーのテーマは見られないように思われる。しかし、相手のために自分を捧げるというあり方には、その後に書かれた『わたしを離さないで』にも通ずる重要なモティーフがみとめられる。『わたしを離さないで』の舞台は、クローン技術が現実的に使用されるようになった近未来のイギリスだ。そこに登場する少年、少女たちは、臓器移植のためにつくられ、育てられた人間である。生まれながらに誰かのために自分のすべてを捧げ、やがては死んでゆくことを約束された存在といえる。しかし、彼らはそのことを知らされないままに、思春期にいたるまでの十数年間をある施設で過ごす。まるで英国風の全寮制の学校のようにゆるやかな規律に守られた空間で、彼らは、普通の少年少女たちと同じように、さまざまな経験を重ね、成長していく。

物語は、彼らの一人、キャシーが、そのヘールシャムの施設を出たあと、臓器移植をおこなう「提供者」と呼ばれる人々の介護をしているところからはじまる。彼ら「提供者」のなかには、生まれ育ったヘールシャムの仲間もいる。かたい絆で結ばれた親友のルースとトミーも、彼女の介護によって「提供」を少しずつ行なってゆく。キャシーは、彼らが身体の一部を次々に「提供」して、やがて使命を終えるときには、自分もまた、介護人から「提供者」と成って、同じ道をたどることになるのを知っている。そのことを思うと、ルースやトミーと少しでも多くの時間をともに過ごし、ヘールシャムで出会ったことの一つ一つを記憶にとどめておこうと思う。

やがて物語は、終章にいたるにしたがい、不思議な風景を描き出す。ルースもトミーも使命を終えてこの世を去ってしまった後、ひとりぼっちになったキャシーは、ノーフォークを訪れる。

そこは、かつて、ルースやトミーをはじめヘールシャムの仲間五人で、「ポシブル」と呼ばれるクローンの親を探しにいった海辺の町に近い平原だ。何もない平野と大きな空がどこまでもつづく道を、車で通っていくと、時折りエンジン音に驚いて鳥の群れが飛び立つ。何の特徴もない畑また畑のずっと向こうに何本かの木が見えてくる。ようやく、そこまでたどり着いたキャシーは、車を止め、外に出る。

何エーカーもの耕された大地が眼前に広がっている。柵がこしらえられてあり、有刺鉄線が二本、横一面に張られている。見渡すと、数マイル四方、吹いてくる風を妨げるものは、柵と頭上にそびえる数本の木しかない。柵のいたるところ、とくに有刺鉄線の張られているところには、ありとあらゆるごみが引っかかり、絡みついている。木を見上げると、上の方の枝にビニールシートやショッピングバッグの切れ端が引っかかり、はためいている。

そのとき、キャシーにある思いがやってくる。この場所こそ、子供の頃から失い続けてきたすべてのものの打ち上げられる場所にちがいない。そう思ってしばらく立ち尽くしていると、やがて地平線に小さな人の姿が現れ、徐々に大きくなり、トミーになる。トミーは呼びかけ、手を振っている。キャシーはその姿をじっと見つめ、何かを語りかけたようにみえる。が、数分後には、車に戻り、エンジンをかけて、行くべきところへ向かって出発する。

この何もないさびしい風景は、いったいどういうことを象徴しているのだろう。一つだけはっきりしていることは、ここで道が行き止まりになっているのではないということだ。ここを通って、キャシーは行くべきところへ向かって出発するからだ。

そこがどこなのかを問うてもしかたがない。分かっているのは、木の枝に、ビニールシートやショッピングバッグの切れ端が引っかかり、はたはたとはためいているその場所は、二度と取り返しのつかない場所ではない。むしろ、自分が失い続けてきたすべてのものに、もう一度出会うことのできる場所。そういう場所にほかならないということだ。

どこか遠くから、ジュディの歌う「わたしを離さないで」という曲が聞こえてくるような気がする。「ネバーレットミーゴー――オー、ベイビー、ベイビー――わたしを離さないで――」。奇跡的に子供を授かった若い母親が、幼い子供に「わたしを離さないで」と訴えている、そのむこうで、「大丈夫、たとえどんなことがあっても、もう一度、おまえを生み直してあげる」という、母のそのまた母親の言葉が聞こえてこないだろうか。

その声の聞こえてくる方へと、彼女は出発した、そんなふうに思われるのだ。

大江健三郎の『さようなら、私の本よ!』とカズオ・イシグロの『わたしを離さないで』が上梓されたのは、二〇〇五年である。この二つの小説が、人間の生と死にかかわるモティーフから成るものであることを、発表当時、直感した者はいなかったのではないだろうか。私自身も、「自分にとってのもう一人の自分」というテーマで、まず『さようなら、私の本よ!』について考え、これにつながる作品として『わたしを離さないで』について考えたのだが、これは偶々のものと思っていた。

しかし、今回書き直していくなかで、あらためて、前者の「生み変え、生み直し」のテーマと後者の「提供のための生」のテーマが、根源的な存在にかかわるものではないかと思われてきた。

それは、アメリカ同時多発テロ事件で、アルカイダの行った行為が存在倫理に抵触するとした吉本隆明の指摘にも通ずるものと思われてきたのである。存在倫理について、吉本は、人間の存在は他の存在とのかかわりにおいてあるというのだが、それは、人間の存在は他の存在の生み変え、生み直しとしてあると受け取ることもできるのである。

このような思考を大江健三郎が抱いたのは、九・一一テロ事件に象徴される二一世紀の世界内戦に抗うことのできる小説を構想することによってだった。同時に、クローンとして生まれ、みずからの生を他の存在のために提供していく者たちを描いた『わたしを離さないで』が、その後のポピュラー化にもかかわらず、存在倫理に抵触する二一世紀の世界内戦に抗する小説であることもまた、否定できないのである。

第十二章　葛藤と悲劇
――岡本勝人『一九二〇年代の東京』・松山慎介『「昭和」に挑んだ文学』

存在論的批評

東日本大震災から三か月ほどたったある日、私は、仙台市の荒浜地区から名取市の閖上《ゆりあげ》漁港を車で廻り歩いた。

道路の両脇に、ほとんど何もなく、だだっ広い平原のような地形がはるか海の方面へと続いている。ところどころ点在する家屋は、斜めに傾いだり、一階部分が空洞になったりしている。道路に沿って住宅が並んでいたあたりには、家屋は跡形もなく、土台だけが残っている。住宅の瓦礫は、すべて片付けられたのだろうか。むしろ、その何もない広がりが何ともいえぬ空しさを感じさせる。

岡本勝人は『一九二〇年代の東京』においてこのような思いを以下のように記している。

東京の一隅で働き、日々を忙しく暮らしていたさなか、三・一一と命名されることになる当日と遭遇した。机の下で、揺れに任せたまま息を潜ませていた自分の姿が思い起こされるばかりだ。背後で家財が倒れ出し、一向に収まらない前後左右の揺れのなかで、そのとき、直感的に脳裏に滲み出る引っかかりのような「幻影」があった。

この「幻影」こそが、岡本をして表現へと駆り立てるものだった。それは「あたらしい未来が過去に流れる『時間』」となって「未来が過去に変わる『現在』の瞬間が」、「『歴史』となって重なる」ような何かとしてあらわれた。二〇一一年の東日本大震災が、一九二三年(大正十二年)の関東大震災を呼び起こし、「「関東大震災に揺られる日本の〈世紀末〉を文学者たちはどう生きたのか?」」というテーマとなって岡本をとらえたのである。『一九二〇年代の東京』という書名は、そこから起ち上げられた。

副題に「高村光太郎、横光利一、堀辰雄」とあるが、他にも芥川龍之介と谷崎潤一郎、萩原朔太郎と宮沢賢治と多くの文学者がとり上げられている。中でも私が注目したのは、永井荷風と谷崎潤一郎と横光利一だ。それは、岡本が引用する彼らの言葉に象徴的にあらわれている。

たとえば、谷崎は「『九月一日』前後のこと」という文章のなかで、

私は徐に席に着いたまゝ巨人の手をもって引きちぎられるように揺らいでゐる木々の梢を見た。森や峰が一と塊になって動くのが分かった

と書き、荷風は『断腸亭日乗』「九月朔《ついたち》」において、

「日はまさに午ならむとするとき大地忽《たちまち》鳴動する。」「書巻を手にせしまま表の戸を排《おしひら》いて庭に出でたり。数分間にしてまた振動す。身体の動揺さながら船上に立つが如し」

と書いているという。こういう言葉が、谷崎において『痴人の愛』をはじめとする作品を生み出し、荷風において『濹東綺譚』を生み出したと岡本は語っている。

一方、横光利一においては、この種の言葉が、

満潮になると河は膨れて逆流した。測候所のシグナルが平和な風速を示して塔の上へ昇っていった。海関の尖塔が夜霧の中で煙り始めた。突堤に積み上げられた樽の上で、苦力《クーリー》たちが湿って来た。鈍重な波のまにまに、破れた黒い帆が傾いてぎしぎし動き出した。

という『上海』の小説的言語の底の方に、まさに幻影のように見え隠れしているという。

このような岡本の批評を、私は、「存在論的批評」と呼びたいのだが、それはたとえば、漱石の「津波と震災は、ただに三陸と濃尾に起こるのみにあらず、また自家丹田中《じかたんでんちゅう》にあり、剣呑《けんのん》なるかな」（「人生」）という言葉に象徴されるような批評の方法といえる。

「津波と震災は、自家丹田中《じかたんでんちゅう》」にあるということを肝に銘じることによって、そこから様々な文学者の言葉を跡づけていく、このような批評こそ、昨今見ることが少なくなったが、小林秀雄

以来の文芸批評の王道といえるのではないだろうか。

その批評の要諦を一言でいうならば、対象の奥にかくされた様々な葛藤のあとを、みずからのそれに重ね合わせてリアルに再現することである。「他人の作品をダシにしておのれの夢を懐疑的に語る」というのは、他者を手段として自己を語るということではない。他者の苦悩や挫折を目的としておのれの夢を語るということである。夢は懐疑的にしか語れないからこそ夢といえるので、同じように、どのような葛藤も「最初の戦闘において、彼はつねに負けなくてはならぬ」（キルケゴール『反復』桝田啓三郎訳）からこそ、葛藤といえるのである。

この「葛藤」を「悲劇」と名づけたのは、吉本隆明だが、岡本は、その吉本の『悲劇の解読』を読み込むことによって、横光利一の悲劇に思いをはせ、さらには、次のようなロレンス『チャタレイ夫人の恋人』の言葉を引く。


現代は本質的に悲劇の時代である。だからこそわれわれは、この時代を悲劇的なものとして受け入れようとしないのである。大災害が起こり、われわれは廃墟の真っただなかにあって、新しいささやかな棲息地を作り、新しいささやかな希望をいだこうとしている。それはかなり困難な仕事である。いまや未来に向かって進むなだらかな道は一つもないから、われわれは遠まわりをしたり、障害物を超えて這いあがったりする。いかなる災害が起こったにせよわれわれは生きなければならないのだ（伊藤整訳）

引用とは、まさに「他人の作品をダシにしておのれの夢を懐疑的に語る」やりかたの一つだが、そのことによって、岡本は、「震災による喪失感と内面の空白感、社会的な混乱」さらには「政治的な空洞と無力感」をのりこえて「未来が過去に変わる『現在』の瞬間が『歴史』となって重なる」時間を生きようとしたのである。

向かい側の席から無数の埃を数え上げていくという方法

「横光利一　江藤淳　火野葦平」と副題された『「昭和」に挑んだ文学』において、松山愼介がモティーフとしたものも、この「悲劇」であるといっていい。「悲劇」は横光において先の戦争のイデオロギーによってもたらされたものであり、江藤において、占領下におけるGHQの検閲によってもたらされたものであり、火野において、戦争の現実そのものによってもたらされたものである。彼らの悲劇を読み込むことにおいて、松山もまた「他人の作品をダシにしておのれの夢を懐疑的に語る」ことを行っているのである。

吉本隆明は、『悲劇の解読』において、「悲劇」の根本は、批評がどうしても作品にはなれないことであるということを、次のような言葉で語っている。

「批評の最大の悩み、公言することが恥ずかしいため秘かに握りしめられている悩みは作品となるべきことを永久に禁じられていることだ」。「批評が批評であることは苛立たしい索漠であり続けること、言葉の砂を口腔に押しこまれるような体験に身をおくことにちがいない。けれどこの体験を持続してゆく歳月のうちに対象への視線が微妙に変容してゆくことがわかる。ここでいう変容の意味は〈立場〉とか〈理念〉とかの変容ということではない。対象である作品にたいする望み方の変化のようなものをさしている」。

小林秀雄にとって、「悲劇」とは、作品を通しておのれの夢を懐疑的に語るところにあらわれるのに対して、吉本にとって、「悲劇」とはむしろ、批評が決して作品にはなれないというところにあるのだ。小林が、『ドストエフスキー』や『モオツァルト』や『ゴッホの手紙』や『本居宣長』において、たとえ批評の対象になることはできないにしても、対象が負わされた悲劇を語ることにおいて十分に「悲劇」となりうると考えているのに対して、吉本は、批評はついに対象が負わされた「悲劇」を演じることはできないと考えているといっていい。

これは、『最後の親鸞』『源実朝』『西行』『宮沢賢治』『甦るヴェイユ』といった批評を思い浮かべるとき、むしろ、小林のように吉本もまた対象が負わされた「悲劇」を演じているのではないかと思われ、納得しきれなさを印象づける。だが、吉本の言っているのは、たとえば、志賀直哉が内村鑑三について語った次のような言葉に通ずるものではないだろうか。

自分は、若いころに内村鑑三先生の講話を聞いて、心を激しくゆさぶられた。先生の話は、電車の車内に急に差し込んでくる陽の光のようなものだった。私の中で、無数の埃が舞い上がるのが見えたと思った。しかし、私は、長く先生の思想についていくことができなかった。結局は、そっと向かい側の席に移って、埃などどこにもないかのように装った。確かに埃は舞っているはずだが、日陰となっているため何も見えない。そうして、自分は少しずつ先生から離れていった。

（「内村鑑三先生の憶ひ出」）

内村鑑三から離れていった志賀直哉は、結局内村の「悲劇」を演じることなく終わったのだろうか。だが、小林秀雄の「志賀直哉」を読めば、志賀もまた志賀なりの「悲劇」を演じたことがわかる。吉本隆明は、批評とは本質的に、舞い上がる無数の埃を、向かい側の席からとらえることにほかならないといっているのだ。

そして、松山慎介の批評方法の本質をいうならば、この向かい側の席から無数の埃を数え上げていくということに尽きるのである。

松山は「渡欧と日本回帰」と題された「横光利一」の章において、『旅愁』の根底に流れるイデオロギーについて詳細に論じている。主人公の矢代が、西洋の物質文明に対して日本の精神文化に拠りどころを求めようとするのには、深い理由があるとして、マルセイユのノートルダムでキリストの彫像を見たときの矢代の感懐を引いて次のように語る。

日本では死というものは、身体を浄化する。死者の像に血は似合わない。しかし、このマルセイユでのキリストの彫像は実際の死体のようにあまりにもリアルなものであった。キリストの死というもの、十字架、磔刑による死を、これでもかというリアリズムで民衆の前にあらわにさせることによって成立する宗教、それがキリスト教、カトリックなのである。このキリストの死さえ、とことん物質的に表現せずにはおかないところに、矢代はヨーロッパ文明の姿を見る。

ここから、矢代の日本主義と、横光の日本回帰があらわれることになると松山はいう。そのうえで、真珠湾攻撃に際して、潜航艇で出撃し海底に沈んだ九人の兵士を追悼する文章で、「神明のごとき寒嶮たる意志ここに永へに人心の石柱となつて世を支へんとするひとあらばこの情熱をほまれと称へずして世人また何をか称ふべきであらう」と語る横光の皇国思想が、矢代の「キリスト教についてのイメージ、認識、理解が間違っていた」点を内省することがなかったところに起因するととらえるのである。

間違いがどこからやってくるのかについて、松山は詳述していないのだが、矢代が見たノートルダムのキリストの彫像とは、ドストエフスキーの『白痴』において、不治の病を得た十八歳の少年イッポリートに嫌悪の情を起こさせるホルバインのキリストの無残な絵に通ずるものなのだ。十字架から降ろされたばかりのキリストの無残な死に、貪欲あくなき唖の獣のような自然の姿を見出したイッポリートは、そういう、世界の法則によって約束されたみずからの死を打ち破るために、ピストル自殺を試みる。

矢代は、このようなイッポリートのことを思い起こしてもよかった。あるいはそういうイッポリートに対して共苦《コンパッション》を抱くムイシュキンを自分の身と引き合わせることによって、西欧の物質主義に対する日本の精神文化という二元論からみずからを解き放つべきだった。しかし、横光には、それがどうしてもできなかったのである。そこにこそ、横光利一という存在の悲劇があったと松山は語っているかのようなのである。

「敗戦という大事実」「日本人が置かれた事実の強制力」

これは「文学的闘いと『戦死』」と題された火野葦平の章において、さらに深められる。火野葦平の軌跡を芥川賞を受賞した「糞尿譚」からはじめて、『麦と兵隊』『土と兵隊』『革命前夜』と追いながら、日中戦争とは何だったのか、そして火野にとって戦後を生きるとはどういうことだったのかを問いかける松山は、まさに、向かい側の席から無数の埃を数え上げていくという方法をこのうえないまでに実践して見せたのである。そのような松山のモティーフの根底には、加藤典洋が『敗戦後論』で提起した問題への共振があったといってよい。加藤は、こんなふうに語っていた。

悪い戦争にかりだされて死んだ死者を、無意味のまま、深く哀悼するとはどういうことか。そしてその自国の死者への深い哀悼が、例えばわたし達を二千万のアジアの死者の前に立たせる。

そのようなあり方が果たして可能なのか。

『麦と兵隊』『土と兵隊』において「戦争に叩き込まれた人間の現実」を描き続け、無名の兵士たちの無残な死を悼み続けた火野にとって、この加藤の言葉こそが、彼の悲劇に言葉を届かせる批評の言葉なのだと松山は考えているといっていい。そのような松山のモティーフを受け止めたうえで、文藝春秋特派員として芥川賞受賞の授与を行うために戦地の火野葦平のもとへと赴いた小林秀雄の「満州の印象」について考えてみたい。

そこには、「国民は黙って事変に処した」という小林の言葉に象徴されるように、満州の地でさまざまな苦難に会いながら、黙々とあたえられた仕事に従事する人びとのすがたが描かれる。なかでも、満蒙開拓青少年義勇軍の少年たちのそれを描く筆致は独特だ。

人々は黙々と従っているようで、「王道楽土」といった理念とは程遠い現地の窮乏状態に、なかば絶望している。だが、志願してやってきた少年たちには、そんなことを嘆くいとまがない。そういう若々しいエネルギーが感じられるといいながら、現実はとてもそんな呑気なことではすまないといって、以下の一節が来る。

　便所は戸外にある。柱とアンペラと竹とで出来ている。小便をしていると、中から少年達の屁の音や糞を息む声が聞え、僕は不覚の涙を浮べた。こんなにまでしても必要な仕事かと思ったのではない。こんなにまでしてもやらねばならない仕事の必要さという考えが切なかったのである。

「大東亜共栄圏」や「王道楽土」という理念のもとに戦争を始めた日本国民は、そのことに黙って従事した。満蒙開拓青少年義勇軍の少年たちも、その中の一人であることに変わりはない。だが、現実はあまりに貧弱すぎ、零下二十度という寒冷の地で、柱とアンペラと竹だけでできた便所に折り重なるようにして、彼らは用を足している。そのことに、小林は不覚の涙を落としたというのである。

少年たちのの屁の音や糞をいきむ声は、彼らのエネルギーをあらわしているのではない。日本国家が掲げた理想と、現実の貧弱さとのギャップをあらわしているのだ。そのことに気づいて、小林は、涙を流したのである。

そして、このときの小林の涙は、戦後、「悪い戦争にかりだされて死んだ死者を、無意味のまま、深く哀悼するとはどういうことか」という問いへと向かわせ、その答えとしてあらわれたのが、「敗戦という大事実の力がなければ、ああいう憲法は出来上がった筈はない」「戦争放棄の宣言は、その中に日本人が置かれた事実の強制力で出来たもので、日本人の思想の創作ではなかった。私は、敗戦の悲しみの中でそれを感じて苦しかった」(「感想」)という小林独特の憲法観なのである。

『敗戦後論』の加藤典洋が、後に憲法をGHQによって押しつけられたものと考えることによって、国民投票による憲法選び直し論をとなえ、国際連合のもとにおける自衛権の容認を述べたことを考えるならば、小林の憲法観の独自性がより一層明らかになるのではないだろうか。ここにあるのは、憲法を選び直すことによって、主人になるのではなく、「敗戦という大事実」「日本人が置かれた事実の強制力」の前で、あえて奴隷となることを受け容れるという考えである。それは、奴隷であることによって負わされた「苦しみ」を甘受することによってしかなされえないのだが、戦争放棄の宣言とは、そういうありかたを必然的にともなうということについてのやむにやまれない認識なのである。

ここには、向かい側の席から埃を数え上げるだけでなく、陽の光に照らされて無数の埃が舞い上がるその姿に悲劇を見ようとする姿勢が確実に認められる。そして、批評は、ついに作品になることができないと語る一方で、戦争放棄の宣言を「本質的な言葉」とみなした吉本もまた悲劇の本質が、この陽の光のなかに舞い上がる無数の埃のうちにあることを知っていたと思われるのである。

第十三章　関係の絶対性と共苦《コンパッション》――吉本隆明『マチウ書試論』『最後の親鸞』

ああエルサレム、エルサレム

吉本隆明は、好きな言葉として、新約聖書の「マタイ福音書」のなかから、「ああエルサレム、エルサレム、予言者たちを殺し、遣されたる人々を石にて撃つ者よ、――」を挙げている。私がもし、好きな言葉を挙げるように言われたとしたら、吉本隆明『最後の親鸞』のなかの「〈知識〉にとっての最後の課題は、頂きを極め、その頂きに人々を誘って蒙をひらくことではない。頂きを極め、その頂きから世界を見おろすことでもない。頂きを極め、そのまま寂かに〈非知〉に向かって着地することができればというのが、おおよそ、どんな種類の〈知〉にとっても最後の課題である」を挙げる。

前者は一九六五年のもので、後者は一九八一年のものである。私の想像だが、吉本隆明が、六五年から二〇年たってあらためて好きな言葉を問われたならば、今度は、「善人なおもて往生をとぐ、いわんや悪人をや」をはじめとする「歎異抄」の言葉を挙げるのではないかと思われる。それには、何か根拠があるのかと問われそうだが、私なりに考えた根拠について、少し述べさせていただく。

「マタイ福音書」の言葉は、二十三章の最後に出てくる。共同訳では、以下のようになっている。「エルサレム、エルサレム、預言者たちを殺し、自分に遣わされた人々を石で打ち殺す者よ、めんどりが雛を羽の下に集めるように、私はお前の子らを何度集めようとしたことか。だが、お前たちは応じようとしなかった。見よ、お前たちの家は見捨てられて荒れ果てる。言っておくが、お前たちは『主の名によって来られる方に、祝福があるように』と言うまで、今から後、決して私を見ることはない」。

吉本隆明が、これを好きな言葉として挙げた理由は、何だろうか。それは、初期の代表作「マチウ書試論」にある。「マチウ書」というのはフランス語訳の「マタイ福音書」に由来する書名だが、そのなかで、イエスが、当時のユダヤ教のパリサイ派の者たちを非難する言葉が何度も引かれる。以下のようにである。

偽善な律法学者とパリサイ人に災いあれ。なんとなれば諸君は、預言者の墓を建て、正義の人の墓碑を飾りそして言う、もし、われわれが父祖のときに生きていたら、預言者の血を流すために、かれらに加担しはしなかったろうと。諸君は無意識のうちに、自分が預言者を殺したものの子孫であることを立証している。それゆえ、諸君の父祖たちの尺度を補え。蛇よ、まむしの血族よ。諸君はどうしてゲアンの懲罰を逃れられようか。

「エルサレム、エルサレム」に比べると、激烈な非難の言葉といえる。「偽善な律法学者とパリサイ人に災いあれ」とか「蛇よ、まむしの血族よ」といった言葉は、本当にイエスの口から出たものなのだろうかと不審の思いさえ抱かせる。吉本隆明からすると、ここには、原始キリスト教のユダヤ教に対する「近親憎悪」があらわれているということになる。

吉本隆明は、このような「近親憎悪」の言葉に心惹かれるところがあったのだろうか。実際に吉本が好きな言葉として引いたのは、偽善者よとかまむしの血族よといった一節ではなく、そのあとの「ああエルサレム、エルサレム」という一節だ。偽善者やまむしの血族は、そのような者たちで埋まった「エルサレム」という言葉に代わっている。さらに、吉本は「エルサレム」に「ああ」という感嘆詞をかぶせて「ああエルサレム、エルサレム」としている。

「関係の絶対性」とは何か

このような経緯を解き明かしてくれる「マチウ書試論」の言葉は次のようなものである。

原始キリスト教の苛烈な攻撃的パトスと、陰惨なまでの心理的憎悪感を、正当化するものがあったとしたら、それはただ、関係の絶対性という視点が加担するよりほかに術がないのである。

つまり、偽善者よとかまむしの血族よといった言葉を「ああエルサレム、エルサレム」といった言葉に転換して、イエスの存在に根拠をあたえるものがあるとしたら、「関係の絶対性」という視点いがいにないということである。

ここでいわれる「関係の絶対性」という言葉は、初期の吉本思想のキーワードのように受け取られてきた。人間の自由意志は、どのような選択も可能であるが、その選択が秩序に加担している場合、本当に自由意志といえるのだろうかという問題設定のもと、次のような事態に言及している。パリサイ派は、イエスに対して、自分たちは予言者の血を流すようなことはしてこなかった、お前は預言者などと騙っているが、暴徒であり、破壊者だと非難するとき、彼らは、結局は秩序に加担しているのだと。

つまり、偽善者よ蝮の血族よというイエスと、預言者を騙る暴徒であり、破壊者である者よというパリサイ派とのあいだの「憎悪」や「復讐心」を前にして、最終的にイエスの存在を正当化するのは、「関係の絶対性」いがいではないということになる。「関係の絶対性」の前で根拠をあたえられたイエスは、もはや偽善者よ、まむしの血族よという言葉を吐くのではなく「ああエルサレム、エルサレム」という言葉を発するのである。ここには、「憎悪」や「復讐心」よりも、「歎き」や「悲しみ」がこめられているといえる。

ここで明らかになるのは、吉本が心惹かれるのは、憎悪の言葉ではなく、歎きと悲しみの言葉だということである。

といっても、「関係の絶対性」という言葉は、いかにもとらえにくい言葉である。普通の言葉というよりも、何かの暗喩《メタファー》のような役割を担っている言葉といえる。ただ、何かをあらわす象徴的な言葉と受け取るならば、たしかに、納得がいく。もしこの「関係の絶対性」という視点がなければ、歴史は、イエスのような存在よりもパリサイ派のような存在によってつくられてきたことが明らかにされてしまう。だから、これは、イエスの苛烈な攻撃的パトスと、陰惨なまでの心理的憎悪をたちまちのうちにある象徴的なエートスに転換してしまう視点ととることができるのだ。

それを、私は共苦《コンパッション》といってみたいという誘惑にかられる。「関係の絶対性」はイエスのパリサイ派に対する憎悪や復讐心を、たちまちのうちに共苦《コンパッション》に転換する視点なのだ。それは、天にましますす「神」からあたえられるものとしてではなく、イエスその人の内部に秘められたものとして、あらわにするのである。

私には、吉本隆明が、「マチウ書試論」を書き、「マタイ福音書」の「ああエルサレム、エルサレム」を好きな言葉として挙げた一九六〇年を前後する時期には、このことは、いまだ予兆としてとどまっていたのではないかと思われてならない。それが、「関係の絶対性」という言葉のある種のとらえにくさをあらわしているといえる。

共苦《コンパッション》というのは、ハンナ・アレントの『革命について』に出てくる言葉だ。アレントは、ドストエフスキーの『カラマーゾフの兄弟』において、イワンが弟のアリョーシャに語る「大審問官の物語」について言及しながら、大審問官があらわしているのは、「絶対的多数の群衆の際限ない苦悩」に対する憐憫《センチメント》であり、大審問官の口説にうずくまったまま無言で耳を傾けるイエスらしき人物があらわしているのは、「一人の人間の不幸の特殊性」に対する共苦《コンパッション》であるという。

吉本隆明も「マチウ書試論」で「大審問官の物語」にふれるが、このようなアレントの視点はみられない。ただ、十六世紀のスペイン、セビリアにあらわれたイエスらしき人物が、「マタイ福音書」の二三章で語られたイエスにはそのままでは重ならないことを直観しているように見える。そのことは、イエスのパリサイ派に対する「憎悪」と「復讐心」を最終的に救い出す言葉が、「ああエルサレム、エルサレム、予言者たちを殺し、遣されたる人々を石にて撃つ者よ、——」であることから想像できる。このイエスの言葉は、もはや、パリサイ派を呪詛する言葉であるよりも彼らのような存在のなかにも「一人の人間の不幸の特殊性」を見出して、そこに共苦《コンパッション》の思いを抱く言葉といえる。

「関係の絶対性」という言葉には、そのようにして、人間のなかの「憎悪」と「復讐心」を共苦《コンパッション》に転換してしまうはたらきがあるのではないかといったのは、その意味でだ。

「憎悪」と「復讐心」にとらえられた人間が、どのようにすれば救われるのか

このことは、『最後の親鸞』になると、一層明らかになる。「〈知識〉にとっての最後の課題は、頂きを極め、その頂きに人々を誘って蒙をひらくことではない。頂きを極め、その頂きから世界を見おろすことでもない。頂きを極め、そのまま寂かに〈非知〉に向かって着地することができればというのが、おおよそ、どんな種類の〈知〉にとっても最後の課題である」という言葉があるが、これを私は、共苦《コンパッション》の言葉ととってきた。その理由は、「〈非知〉に向かって着地する」と

いわれるところの〈非知〉というのが、アレントのいう「一人の人間の不幸の特殊性」の謂いではないかと思われるからだ。

ここでいわれているのは、いうまでもなく親鸞の考えである。若き日の親鸞は、比叡山で厳しい修行にたえ、膨大な仏典を学び、悟りを得ようとするのだが、どうしてもそのような境地にいたることができない。平安時代の仏教は最澄や空海に代表されるように、密教を学び、熱心に修行をするといった仏教である。ところが鎌倉時代になると法然が出てきて、修行は大事ではない、念仏を唱えることが一番大事だという。

専修念仏といって、難しい学問や仏教の知識はいらない、苦行もいらない、南無阿弥陀仏と唱えていれば往生できるという考えが、あらわれてきたのである。親鸞は比叡山の学問や修行では収まらないものがあると思い、法然の専修念仏の考え方に惹かれていく。どう修行をしても悟りを開けないときに、六角堂に百日間籠ると、聖徳太子が夢に出てきてお告げをするという言い伝えがあるが、それから法然の教えに従うようになるのである。

ところが、この専修念仏の考えを深めていきたいと思っていた矢先に、専修念仏を唱える法然を中心とした仏教集団は、いかがわしい連中だといわれるようになる。法然教団の何人かが宮廷の女官に専修念仏を教え、尼さんにさせてしまうという事件もあったようで、そのことが後鳥羽上皇の怒りに触れる。法然教団の何人かと親鸞は捕えられ、法然は讃岐に、親鸞は越後に流される。

親鸞は、五年間越後で暮らした後、さらに、常陸の国に行き、布教をする。その間、何をしていたかというと、『教行信証』に取り組んでいるのである。一度、学問を捨て、専修念仏の考えを手にしたはずなのに、また、仏典と向き合うようになるのだ。正確にいえば、専修念仏の考えを広めながら、その合間を見て、仏典と向き合い、そのなかで得た思いを『教行信証』にまとめていくのである。

なぜそのようなことをしていたかというと、これは私の考えなのだが、自分を貶めた既成仏教の輩と島流しに処した後鳥羽上皇に対する複雑な思いから逃れられなかったからなのだ。つまり、既成仏教や後鳥羽上皇は、イエスを貶めたパリサイ派のように、法然や親鸞に向って、「お前は預言者などと騙っているが、暴徒であり、破壊者だと」といった言葉を投げかけ、非難したのだ。これに対して、親鸞もまた、彼らに対する「憎悪」と「復讐心」を絶やすことがなかったといえる。親鸞の心のなかには、パリサイ派に対するイエスのように偽善者よ、まむしの血族よという言葉が煮えたぎっていなかったとはいえない。

頂きを極め、そのまま寂かに〈非知〉に向かって着地する

しかし、一方で、東国の衆生の飢饉や飢餓に苦しんでいる有様を目の当たりにするにつけ、専修念仏の考えを広めずにはいられなくなる。もともと東国の衆生には、どのような苦境にあってもたがいに相手を思いやり、自分のすべてを苦しんでいる者にあたえずにいられない思いがあったから、念仏を唱えれば往生できるという考えは、すぐに受け入れられていった。また、衆生の

なかには、最も辛い立場に追いやられた人々、まわりの人々の思いやりでは、容易に救われることのない人々がいることに気づいていく。それは、たとえば折口信夫のいう流浪するほかい人、顔のくずれた行路病者、日影を追ってあくがれ出る離魂女といったような人々といえる。

これらの人々もまた、念仏を唱えれば往生できると親鸞は考える。しかし、それを確信するためには、これらの人々を辛い立場に追いやっているのは何かと考えなければならない。そのとき、彼らのように最も差別され、虐げられた人々の背後には、彼らを差別し、虐げることに何の痛痒も感じない人々がいるということに気がつくわけだ。そういう人々は、決まって自分自身のいまある境遇を受け容れることができない、端的にいって自分のなかの恨みからのがれられないのである。そういう存在も往生するのかと問うていった末に、最も虐げられた人々も往生するのならば、彼らのような者たちも往生しないはずはないと考える。

このとき、親鸞は、彼らのなかに、イエスを陥れたパリサイ派の心情に似たものを感じ取っていたといえる。つまり、彼らの心を占めているのは、「憎悪」と「復讐心」だということに気がつくのである。

親鸞は、『教行信証』に取り組むなかで、このような「憎悪」と「復讐心」にとらえられた人間が、どのようにすれば救われるのかという問いに対するこたえを見出す。それは、母を幽閉し、父を殺害して王位についた阿闍世《アジャセ》について語られた『涅槃経』の一節である。この「憎悪」と「復讐心」にとらえられて、父殺しに及んだ人間を前にして、何度も思い悩んだ末に「阿闍世《アジャセ》に罪はない」と語った釈迦の言葉をそのままに書き写すことによって、親鸞は、自分を陥れた既成仏教の輩や後鳥羽院に対する恨みから解き放たれていくことを感じていた。それだけでなく、自分のなかの恨みからのがれられないために、人々を最も辛い立場に追いやり、虐げることに何の痛痒も感じない人間も、救われなければならないと考えたのである。

いや彼らが往生できないならば、どのような弥陀の本願も無きに等しいと考えることによって、「善人なおもて往生をとぐ、いわんや悪人をや」という言葉があらわれたといえる。それは、吉本隆明の言葉でいうならば、「頂きを極め、そのまま寂かに〈非知〉に向かって着地する」ということなのだ。この〈非知〉こそが、相手を思いやり、自分のすべてを苦しんでいる者にあたえずにいられない人々の場所であり、最も辛い立場に追いやられた人々、まわりの人々の思いやりでは、容易に救われることのない人々の場所であり、そして、自分のなかの恨みからのがれられないために、彼らを最も辛い立場に追いやり、虐げることに何の痛痒も感じない人々の場所なのだ。

そういう〈非知〉に向かってそのまま寂かに着地するというのは、まさに、「一人の人間の不幸の特殊性」に共苦《コンパッション》の思いを抱いていくということにほかならない。吉本隆明は、こうして「マチウ書試論」の「関係の絶対性」という言葉を『最後の親鸞』のなかの「頂きを極め、そのまま寂かに〈非知〉に向かって着地する」という言葉にまで、熟させていったのである。

第十四章　復讐できない苦しみや、癒せない怒りを氷解するもの
――野呂重雄『喪失』哲学のソナタ249章

目を見張らせる片言隻句の引用

これは、九〇歳になる哲学者の哲学断章である。見開き二ページ分で、二四九の文章から成る。テーマは、どちらかというと、人生いかに生きるべきかといった問題だが、そこに社会問題もからめ、切り口は鋭利というべきである。カフカ、ニーチェ、ショーペンハウエル、パスカル、キルケゴール、スピノザ、ヴォルテール、ルター、ゲーテから、フッサール、フーコー、ドゥルーズ、ガブリエル・マルセル、アラン・バディウ、そして中原中也にいたるまで、その片言隻句の引用が目を見張らせる。

たとえば、ドストエフスキー『カラマーゾフの兄弟』でイワンが弟のアリョーシャに語った次の言葉が引用される。

「いいかい、大人が苦しまなければならないのは、永久の調和をあがなうためだとしても、

何のために子供がそこへ引き合いに出されるのだ、お願いだから聞かしてくれないか？　何のために子供までもが苦しまなけりゃならないのか、どういうわけで子供までが苦痛をもって調和をあがなわなけりゃならないのか、さっぱりわからないじゃないか――！」

イワンは、当時の幼児虐待の一つとして、トルコ人が乳飲み子を放り投げて、母親の目の前で銃剣で受け止める話をした後にこう話すのだが、野呂重雄は以下のような現代日本の幼児虐待を例に出して同じように悲憤慷慨する。「大阪で三歳の女の子が餓死した。親は二人そろっていたが女の子は飢えていた。パン一枚もあたえられていなかった。子供が死んで解剖してみると胃のなかにロウソクやアルミ箔や玉ねぎの皮がはいっていた。女の子はロウソクをかじっていたのだ」。

『カラマーゾフの兄弟』では、無神論者のイワンが信仰心の厚いアリョーシャを試みるためにこの話を出す。これに対して、野呂の悲憤慷慨は相手を見つけるよりも、さまざまな引用によって手を変え品を変え、おもてにされる。たとえば、ヴォルテールの『カンディード』から「百万人の殺人鬼が隊をなして、ヨーロッパの端から端へ駆け巡り、パンを得るために規律正しく殺人と略奪をしている」という言葉を引き、また、「人みな殺してみたき我が心　その心　われに神をしめせり」という中原中也の短歌を引用するのである。

他人を許す権利を持っている存在はあるのか

野呂重雄のなかには、イワン・カラマーゾフが住み着いていると考えてみよう。そして、イワンがアリョーシャに向けて語った

「この世界じゅうに、はたして他人を許す権利を持っている存在なんてあるのか？　調和なんておれはいらない、人類を愛しているから、いらないいんだ。それよりか、復讐できない苦しみとともに残っていたい。たとえ自分がまちがっていても、おれはこの復讐できない苦しみや、癒せない怒りを抱いているほうがずっとましなんだ」。（亀山郁夫訳）

という言葉が生きている、と。そのイワンが、大審問官の物語をアリョーシャに語りかけるのだが、野呂は、その壮大な詩劇に代わって、この『喪失』という哲学のソナタ249章を語ったと考えてみよう。

私の考えでは、イワンはその物語をアリョーシャにではなく、父殺しの下手人であるスメルジャコフに語るべきであった。だが、イワンには、どうにかして無神論者である自分をキリスト者であるアリョーシャに対抗させたいという思いがあった。その報いとして、イワンは、「神が存在しなければすべてがゆるされる」という彼自身の言葉を信じたスメルジャコフに「（父親）を殺したのはあなたですよ」と指弾され、最後は精神に変調をきたしてしまう。

そう考えるならば、野呂重雄は、ドストエフスキーの造形したイワンにくらべて、はるかにナイーヴといっていい。それは、たとえばガブリエル・マルセルの「自分が死ぬことは死ではない。愛するものが死ぬときに、ほんとうの死がおとずれる」という言葉を引用するところからも明らかである。それは、あくまでも彼のなかの妻に先立たれた者の悲しみを示唆する言葉なのである。

だが、「愛するものが死ぬときに、ほんとうの死がおとずれる」という言葉には、「復讐できない苦しみや、癒せない怒り」を最後には氷解するような響きがこめられている。野呂重雄の哲学は、そこまで届いているかどうか。

第十五章　アナーキーといってもいいほどの熾烈さ
――太田昌国『〈万人〉から離れて立つ表現』

先鋭さを増してきた批判

「貝原浩の戯画を読む」と副題された『〈万人〉から離れて立つ表現』の「あとがき」において、太田昌国はこんなふうに語る。

絵師・貝原浩は、一九八〇年代初頭から、亡くなった二〇〇五年までの、四半世紀にわたって風刺画を描いてきた。そこで風刺の対象とされているのは、新自由主義の世界制覇、社会主義体制の崩壊、歴史修正主義の台頭、天皇制秩序の世代交代、「9・11」同時多発攻撃、「対テロ戦争」、日朝首脳会談と拉致問題などである。これらの問題を巡って、為政者をはじめ多くの「国民」がとった立場に対して、「風刺画や寸鉄ひとを刺す言葉」は、真逆の姿勢で臨む。それらの言葉は、「〈万人〉から離れた地点で、その時点でこそ生まれる」からである、と。

貝原浩の戯画をについてこう語った太田昌国は、さらに天皇制国家である日本がこのまま存続しうるのかどうかという問題、さらには、新自由主義のみならずグローバル資本主義がどこまで続いていくのかという問題に切り込んでいく。太田は、はやくからナショナリズムの弊害について、自由主義の旗印を掲げるアメリカの世界制覇について警鐘を鳴らしてきた。

太田以外に、ナショナリズムの問題に関して、一九九五年の湾岸戦争以後、これが世界的な隆盛をもたらすに違いないと語ったのは、柄谷行人である。柄谷は、同時にグローバル資本主義の問題については、アソシエーションを対置することによって、新たな展望を示してきた。これに対して、太田の新自由主義批判、グローバル資本主義批判は、アナーキーといっていいほどに熾烈である。

たとえば、同じ九五年のソ連邦崩壊に際して、フランシス・フクヤマは、それを自由主義と資本主義の最終的な勝利と語った。太田からするならば、その当時も今も、これほどの妄言はないということになる。

これに対して、見田宗介は、自由主義と資本主義の魅力について「家畜が餌を食み、生殖欲求を満たすことは畜産資本家の資本の再生産の一環であるからといって、それが、家畜のよろこびであることに変りはない」（『現代社会の理論』）といった言葉で語った。これが、『資本論』にいうところの「家畜が餌を食むことは、家畜自身のよろこびであるからといって、それが資本の再生産過程の一環であることに変りはない」という言葉を反転させたものであることは明らかだ。

太田からすれば、見田の反転は、グローバル資本主義の現状から目をそらしたものということになる。なぜならば、太田の批判が、たとえマルクスに依拠しているのではないとしても、彼のなかの、家畜のように飼われている労働者、さらには家畜以前の窮乏化を強いられた層へのまなざしほど、リアルなものはないからである。新型コロナウィルスによるパンデミックが暴き出したのは、グローバル資本主義の際限のない展開に比例するようにして拡大していった窮乏化を強いられた人々の感染状況といっていい。太田の視線は、そこに向けられているのであって、これは、貝原浩と同様、一九八〇年代初頭からまったく変更されることのない定点観測ともいうべきものだ。

天皇制批判の熾烈さ

なかでも、最も刺激的だったのは、昭和天皇裕仁への批判である。笠井潔は、たとえ三百万の犠牲者を出しても本土決戦は行うべきだったといったが、太田によると、昭和天皇裕仁は「本土決戦になったら、国体の本義にかかわる三種の神器が連合国軍の手に落ちてしまうかもしれない」と考えてポツダム宣言を受け入れたということになる。笠井の本土決戦論は、太田のいう昭和天皇の欺瞞を暴くためにも行われなければならなかったと受け取ることができるのである。

さらに太田の天皇制批判は、昭和天皇から、平成天皇に代替わりしても飽くことなくすすめられる。平成天皇明仁と皇后美智子が、憲法九条の護持という考えのもと、安倍政権に対して距離を取っていたことは、周知のところである。太田は、そういう天皇と皇后の立ち位置を、天皇制とのかかわりのもと、どう考えるかという問題を突き付けるのである。とりわけ、皇后美智子の、芸術・文化への造詣の深さとさらには、中村哲をはじめとする窮乏化を強いられた人々への奉仕を実践する者への共感を絶やさなかったという事実を挙げ、そういう皇后美智子の姿勢は天皇制とどうつながるのかと問いかける。

このような問いかけの激烈さが、貝原浩の風刺画への共感と相まって『〈万人〉から離れて立つ表現』の精髄となっているといえる。

あとがき

この一月に、喜寿を迎えた。文芸評論を書き始めて五〇年以上になるが、いまだに飽きることがない。思考力が枯渇しない限り、詩や小説や、思想を読み解くことに終わりというものはない。とはいえ、力の源が、無尽ということはありえない。実際、昨年の十月から今年の一月にかけて、書下ろし稿を書いていたのだが、その間、何度も躓かずにいられなかった。さまざまな災厄が、私の思考を遮ったのである。

年初に起こった能登半島地震の被害が、次第に明らかになるにつれ、何とも言いようのない気持ちになっていった。ウクライナやガザの被害と重なり、苦難を負わされた人々の絶えることのない現実に言葉を失ってしまった。

しかし、こういう時にこそ、「希望なき人々のためにこそ、われわれには希望があたえられている」というベンヤミンの言葉を噛みしめなければならないと思う。そして、世界中の人々が、「憎むのでも、ゆるすのでもなく、苦しみや痛みを共にする」日が来ることを心から祈りたい。

最後になったが、この本の母体となった書評研究会の主要メンバー、青木由弥子、江田浩司、大田美和、岡野絵理子、岡本勝人、生野毅、髙野尭、布川鴇、林浩平、兵藤裕巳、古田嘉彦、宮尾節子、宗近真一郎、森川雅美、渡辺めぐみの諸氏に感謝の言葉を述べたいと思う。また、

「現代詩手帖」の高木真史、「路上」の佐藤通雅、「飢餓陣営」の佐藤幹夫、北海道文学館理事の高橋秀明、「図書新聞」の元編集者である村田優各氏の、変わらぬご厚情にあらためて謝意をあらわしたい。そして、『戦争とは何か』に続いて、惜しみなく力を尽くしてくださった「澪標」の松村信人氏には、言葉であらわせないほどの思いがあることを申し述べておきたい。

この本が、文学や思想に関心を持ち続ける読者の手に、一冊でも多く届くことを祈って、筆を置きたい。

二〇二四年一月二九日

埼玉の寓居にて

神山睦美

初出一覧

序　泥にまみれた涙―竹内英典『伝記』

（「現代詩手帖」一月号）二〇二三年一二月

第一章　汚名を着せられた言葉―杉本真維子『皆神山』　書下ろし

第二章　公《おおやけ》と私《わたくし》―青木由弥子『伊東静雄―戦時下の抒情』　書下ろし

第三章　絶対的「無」としての「奴隷」―小池昌代『赤牛と質量』　書下ろし

第四章　生と死の循環―岡本勝人『海への巡礼』　書下ろし

第五章　コロナ・パンデミックの抒情―森川雅美『疫病譚』　書下ろし

第六章　重度の神と共に生きるということ―宮尾節子・佐藤幹夫『明日戦争がはじまる【対話篇】』　書下ろし

第七章　母親からの疎外―藤井貞和『物語論』　書下ろし

第八章　抽象的な普遍性への貢献―大澤真幸『〈世界史〉の哲学　現代編1　フロイトからファシズムへ』　書下ろし

第九章　詩語の不可能性――田中さとみ『ノトーリアス グリン ピース』古田嘉彦『移動式の平野』　書下ろし

第十章　デタッチメントからアタッチメントへ――村上春樹『アンダーグラウンド』から『騎士団長殺し』へ

（「路上」151号）二〇二一年一一月

第十一章　代わりに死んでくれる存在──大江健三郎『さようなら、私の本よ！』カズオ・イシグロ『わたしを離さないで』
（「飢餓陣営」57号）二〇二三年八月
第十二章　葛藤と悲劇──岡本勝人『一九二〇年代の東京』・松山慎介『「昭和」に挑んだ文学』
（「飢餓陣営」56号）二〇二三年三月
第十三章　関係の絶対性と共苦《コンパッション》──吉本隆明『マチウ書試論』『最後の親鸞』
（「歿後10年　吉本隆明──廃墟からの出立」北海道立文学館）二〇二二年一〇月
第十四章　復讐できない苦しみや、癒せない怒りを氷解するもの──野呂重雄『喪失』哲学のソナタ249章
（「図書新聞」3513号）二〇二一年九月
第十五章　アナーキーといっていいほどの熾烈さ──太田昌国『〈万人〉から離れて立つ表現』
（「図書新聞」3535号）二〇二二年三月

参照文献一覧

まえがき

柄谷行人『〈戦前〉の思考』講談社学術文庫　二〇〇一年
神山睦美『戦争とは何か』澪標　二〇二二年
ヘーゲル『精神現象学』樫山欽四郎訳（世界の大思想12）河出書房新社　一九六六年
小林秀雄「様々なる意匠」（小林秀雄全作品1）新潮社　二〇〇二年
小林秀雄「アシルと亀の子Ⅱ」（小林秀雄全作品1）新潮社　二〇〇二年
神山睦美『クリティカル・メモリ　死霊異聞』砂子屋書房　一九九九年

序

ヘーゲル『精神現象学』樫山欽四郎訳（世界の大思想12）河出書房新社　一九六六年
小野十三郎『短歌的叙情』創元新書　一九五三年
竹内英典『伝記』思潮社　二〇二三年

第一章

神山睦美「ウクライナ戦争をどうとらえるか」「短歌現代」91号二〇二二年七月（『戦争とは何か』所収）　二〇二二年
ヘーゲル『精神現象学』樫山欽四郎訳（世界の大思想12）河出書房新社　一九六六年
小野十三郎『短歌的叙情』創元新書　一九五三年

笠井潔『新・戦争論　「世界内戦」の時代』言視舎　二〇二二年
今福龍太「いまこのおなじ時に――ウクライナの〈戦火〉から遠く離れて」
「KANA」29号二〇二二年十二月　二〇二二年
杉本真維子『皆神山』思潮社　二〇二三年
フーコー「汚辱に塗れた人々の生」丹生谷貴志訳（『フーコー・コレクション6　生政治・統治』）
ちくま学芸文庫　二〇〇六年
アーレント『イェルサレムのアイヒマン　悪の陳腐さについての報告』大久保和郎訳　みすず書房　一九六九年
アーレント『全体主義の起原』大島通義・大島かおり訳　みすず書房　一九七四年
マルクス『ルイ・ボナパルトのブリュメール十八日』（村田陽一訳）国民文庫　大月書店　一九七一年

第二章

ハル『ハル回顧録』宮地健次郎訳　中公文庫　二〇〇一年
子安宣邦『「近代の超克」とは何か』青土社　二〇〇八年
住谷悦治『大東亜共栄圏植民論』生活社　一九四二年
カント『純粋理性批判』高峯一愚訳（世界の大思想10）河出書房新社　一九六五年
ヘーゲル『精神現象学』樫山欽四郎訳（世界の大思想12）河出書房新社　一九六六年
ランケ『列強論』村岡哲訳（世界の名著　続11）中央公論社　一九七四年
ディルタイ『精神科学序説1』牧野英二編集／校閲「ディルタイ全集第1巻」法政大学出版局　二〇〇六年
高坂正顕、高山岩男、西谷啓治、鈴木成高『世界史的立場と日本』中央公論社　一九四三年
青木由弥子『伊東静雄――戦時下の抒情』土曜美術社出版販売　二〇二三年

アレント『人間の条件』志水速雄訳　ちくま学芸文庫　一九九四年
アーレント『全体主義の起原』大島通義・大島かおり訳　みすず書房　一九七四年

第三章

小池昌代『赤牛と質量』思潮社　二〇一八年
吉本隆明『固有時との対話』（吉本隆明全詩集）思潮社　二〇〇三年
谷川俊太郎『二十億光年の孤独』集英社文庫　二〇〇八年
安川奈緒「『人、生の光、芒』からの手紙―連載詩・ダーティエピック・フラグメンツ2」（「現代詩手帖」二〇一二年四月号）思潮社　二〇一二年
吉本隆明「ある編集者の死［岩淵五郎］」（吉本隆明全集9）晶文社　二〇一五年
吉本隆明『カール・マルクス』（吉本隆明全集9）晶文社　二〇一五年
小林秀雄『本居宣長下』（小林秀雄全作品28）新潮社　二〇〇四年
アレント『人間の条件』志水速雄訳　ちくま学芸文庫　一九九四年
カフカ「補遺」河野専次郎・近藤圭一訳（カフカ全集Ⅳ）新潮社　一九五九年
フーコー『臨床医学の誕生』神谷美恵子訳　みすず書房　一九六九年
湯川秀樹・小林秀雄対談「人間の進歩について」（小林秀雄全作品16）新潮社　二〇〇四年
アレント「宇宙空間の征服と人間の身の丈」引田隆也・齋藤純一訳（『過去と未来の間』）みすず書房　一九九四年
吉本隆明『ハイ・イメージ論Ⅰ』（吉本隆明全集22）二〇二〇年
吉本隆明「『東北』を想う」（『「反原発」異論』）論創社　二〇一四年
吉本隆明『母型論』（吉本隆明全集26）二〇二一年

吉本隆明『記号の森の伝説歌』（吉本隆明全詩集）思潮社　二〇〇三年
吉田文憲「ナイーブさの底に潜むもの」（『顕れる詩』）思潮社　二〇〇九年
吉本隆明『アフリカ的段階について――史観の拡張』（吉本隆明全集31）　二〇二三年

第四章

岡本勝人『仏教者 柳宗悦　浄土信仰と美』校正出版社　二〇二二年
小池昌代『赤牛と質量』思潮社　二〇一八年
岡本勝人『海への巡礼』左右社　二〇二三年
エリオット『荒地』西脇順三郎訳　創元社　一九五二年
ゲーテ『ファウスト』高橋義孝訳（新潮世界文学4）新潮社　一九七一年
ホーソン『緋文字』工藤昭雄訳（新集世界の文学7）中央公論新社　一九七一年
西脇順三郎『定本西脇順三郎全詩集』筑摩書房　一九八一年
西脇順三郎『西脇順三郎詩論集』思潮社　一九六五年
バシュラール『水と夢――物質の想像力についての試論』小浜俊郎、桜木泰行訳　国文社　一九六九年
バシュラール『夢みる権利』渋沢孝輔訳　筑摩叢書　一九七七年
メルヴィル『白鯨 モービィ・ディック』千石英世訳　講談社学芸文庫　二〇〇〇年
折口信夫『折口信夫全集第一巻　古代研究（國文學篇）』中公文庫　一九七五年
折口信夫『折口信夫全集第一巻　古代研究（民俗學篇1）』中公文庫　一九七五年
折口信夫『折口信夫全集第一巻　古代研究（民俗學篇2）』中公文庫　一九七五年
中上健次『岬』文藝春秋　一九七六年
中上健次『枯木灘』河出書房新社　一九七七年

源実朝『金槐和歌集』新潮日本古典集成　一九八一年
柳田国男『海上の道』（定本柳田國男集 第一巻）筑摩書房　一九六三年
島尾敏雄『ヤポネシア考』葦書房　一九九一年
レヴィ＝ストロース『野生の思考』大橋保夫訳　みすず書房　一九七六年
親鸞「親鸞八十八歳御筆」（『親鸞和讃集』）岩波文庫　一九七六年
小林秀雄「私の人生観」（小林秀雄全作品17）　二〇〇四年
デカルト『方法序説』小場瀬卓三訳（世界の大思想7）河出書房新社　一九六五年
マルクス『資本論第一巻』鈴木鴻一郎・日高晋・長坂聡・塚本健訳（世界の名著43）中央公論社　一九七三年
ヘーゲル『精神現象学』樫山欽四郎訳（世界の大思想12）河出書房新社　一九六六年
カフカ「変身」山下肇訳（『変身・断食芸人』）岩波文庫　二〇〇四年

第五章

森川雅美『疫病譚』はるかぜ書房　二〇二三年
小林秀雄「歴史と文学」（小林秀雄全作品13）　二〇〇三年
マルクス・エンゲルス「共産党宣言」都留大治郎訳（世界の大思想Ⅱ－4）河出書房新社　一九六七年
マルクス「経済学批判序説」岡崎次郎訳（世界の大思想Ⅱ－4）河出書房新社　一九六七年
エンゲルス「空想より科学への社会主義の発展」（世界の大思想Ⅱ－5）河出書房新社　一九六七年
レーニン『唯物論と経験批判論』川内唯彦訳（世界の大思想22）河出書房新社　一九六五年
スターリン『弁証法的唯物論と史的唯物論』石堂清倫訳　国民文庫 大月書店　一九五三年
プラトン『ゴルギアス』藤沢令夫訳（世界の名著6）中央公論社　一九六六年
プラトン『ソクラテスの弁明』田中美知太郎訳（世界の名著6）中央公論社　一九六六年

小林秀雄『本居宣長下』（小林秀雄全作品28）新潮社　二〇〇四年
アガンベン「感染」高桑和巳訳（『私たちはどこにいるのか？　政治としてのエピデミック』）青土社　二〇二一年
アガンベン『アウシュヴィッツの残りのもの――アルシーヴと証人』上村忠男・廣石正和訳　月曜社　二〇〇一年
フーコー『臨床医学の誕生』神谷美恵子訳　みすず書房　一九六九年
フロイト『精神分析入門・続』中山元訳（『人はなぜ戦争をするのか』）古典新訳文庫　光文社　二〇〇八年
フロイト『文化のなかの不安』吉田正己訳（フロイド選集6）日本教文社　一九七〇年

第六章

宮尾節子『明日戦争がはじまる』思潮社　二〇一四年
宮尾節子・佐藤幹夫『明日戦争がはじまる【対話篇】』言視舎　二〇二二年
佐藤幹夫『津久井やまゆり園「優生テロ」事件、その深層とその後　戦争と福祉と優生思想』現代書館　二〇二二年
ジジェク『信じるということ』松浦俊輔訳　産業図書　二〇〇九年
ドストエフスキー『悪霊』江川卓訳（ドストエフスキー全集11 12）新潮社　一九七九年
ドストエフスキー『白痴』木村浩訳（ドストエフスキー全集9 10）新潮社　一九七八年
竹田青嗣「欲望の現象学」（『喩としての生活』「21世紀を生きはじめるために」第四巻）宝島社　一九九四年
フロイト「フロイト・アインシュタイン往復書簡」中山元訳（『人はなぜ戦争をするのか』）古典新訳文庫　光文社　二〇〇八年

フロイト「人間モーセと一神教」吉田正己訳（フロイド選集8）日本教文社　一九七一年

第七章

フロイト「人間モーセと一神教」吉田正己訳（フロイド選集8）日本教文社　一九七一年
フロイト『精神分析学入門』懸田克躬訳（世界の名著49）中央公論社　一九六六年
小此木啓吾・北山修『阿闍世コンプレックス』創元社　二〇〇一年
藤井貞和『物語論』講談社学術文庫　二〇二二年
親鸞『教行信証』（日本思想体系11）岩波書店　一九七一年
唯円『歎異抄』（『日本の思想3』）筑摩書房　一九六八年
ベンヤミン『ゲーテ　親和力』高木久雄訳（ベンヤミン著作集5）晶文社　一九七二年
紫式部『源氏物語1』新潮日本古典集成　一九七六年
レヴィ＝ストロース「おちこちに読む」三保元訳（『はるかなる視線1』）みすず書房　一九八六年
レヴィ＝ストロース『親族の基本構造』馬淵東一・田島節夫監訳 番町書房　一九七八年

第八章

高坂正顕、高山岩男、西谷啓治、鈴木成高『世界史的立場と日本』中央公論社　一九四三年
高山岩男『世界史の哲学』こぶし文庫　二〇〇一年
大澤真幸『〈世界史〉の哲学 現代編1 フロイトからファシズムへ』　二〇二二年
フロイト「人間モーセと一神教」吉田正己訳（フロイド選集8）日本教文社　一九七一年
フロイト「トーテムとタブー」吉田正己訳（フロイド選集6）日本教文社　一九七〇年
フロイト「ミケランジェロのモーゼ」高橋義孝・池田紘一訳（フロイド選集7）日本教文社　一九七〇年

キェルケゴール『死に至る病』桝田啓三郎訳（世界の名著40）中央公論社　一九六九年
ニーチェ『ツァラトゥストラ』手塚富雄訳（世界の名著46）中央公論社　一九六六年
ニーチェ『権力への意志』原佑訳（世界の大思想22）河出書房新社　一九七二年
ウェーバー『支配の社会学』世良晃志郎訳（世界の大思想23）河出書房新社　一九七二年
シュミット『政治神学』田中浩・原田武雄訳　未来社　一九七一年
シュミット『大地のノモス　ヨーロッパ公法という国際法における』新田邦夫訳　慈学社出版　二〇〇七年
アンダーソン『想像の共同体：ナショナリズムの起源と流行』白石隆・白石さや訳、リブロポート　一九八七年
アーレント『全体主義の起原』大島通義・大島かおり訳　みすず書房　一九七四年
テンニエス『ゲマインシャフトとゲゼルシャフト　純粋社会学の基本概念』杉之原寿一訳　岩波文庫　一九五七年

第九章

田中さとみ『ノトーリアス　グリン　ピース』思潮社　二〇二〇年
宮沢賢治「春と修羅」『宮沢賢治詩集』岩波文庫　一九五〇年
タルコフスキー『サクリファイス』ＩＶＣ　二〇二二年
古田嘉彦『移動式の平野』邑書林　二〇二二年
「マタイによる福音書」聖書協会共同訳（『聖書』）日本聖書協会　二〇一八年
「ヨハネによる福音書」聖書協会共同訳（『聖書』）日本聖書協会　二〇一八年
レヴィナス『全体性と無限　外部性についての試論』合田正人訳　国文社　一九八九年
アーレント『暴力について　共和国の危機』山田正行訳　みすず書房　二〇〇〇年

山田兼士『冥府の朝』澪標　二〇二二年
大岡昇平『中原中也』講談社文芸文庫　一九八九年
マルクス『経済学・哲学草稿』城塚登・田中吉六訳 岩波文庫　一九六四年
ヘーゲル『精神現象学』樫山欽四郎訳（世界の大思想12）河出書房新社　一九六六年
安藤元雄『水の中の歳月』思潮社　一九八〇年

第一〇章

宮沢賢治「［雨ニモマケズ］」「オホーツク挽歌」『宮沢賢治詩集』岩波文庫　一九五〇年
村上春樹『騎士団長殺し』新潮社　二〇一七年
村上春樹『アンダーグラウンド』講談社　一九九七年
サルトル・ボーヴォワール・他『文学は何ができるか』平井啓之訳　河出書房　一九六九年
アドルノ「文化批判と社会」渡辺祐邦・三原弟平訳（『プリズメン』）ちくま学芸文庫　一九九六年
ベンヤミン『暴力批判論』野村修訳　岩波文庫　一九九四年
ベンヤミン『ゲーテ　親和力』高木久雄訳（ベンヤミン著作集5）晶文社　一九七二年
村上春樹『ねじまき鳥クロニクル』新潮社　一九九五年
プラトン『国家』山本光雄訳（世界の大思想1）河出書房新社　一九六五年
村上春樹『ノルウェイの森』講談社　一九八七年

第十一章

大江健三郎『さようなら、私の本よ！』講談社　二〇〇六年
神山睦美『読む力・考える力のレッスン』東京書籍　二〇〇八年

ポー「ウィリアム・ウィルソン」富士川義之訳（世界の文学16）集英社　一九九一年
大江健三郎『取り替え子チェンジリング』講談社　二〇〇〇年
大江健三郎『「自分の木」の下で』朝日新聞社　二〇〇一年
イシグロ『日の名残り』土屋政雄訳 中央公論社　一九九〇年
イシグロ『わたしを離さないで』土屋政雄訳 早川書房　二〇〇六年
吉本隆明「存在倫理について」（加藤典洋『対談 戦後・文学・現在』）　二〇一七年

第十二章

岡本勝人『一九二〇年代の東京 高村光太郎、横光利一、堀辰雄』左右社　二〇二一年
谷崎潤一郎「『九月一日』前後のこと」（谷崎潤一郎全集第十三巻）中央公論社　一九九九年
谷崎潤一郎『痴人の愛』（谷崎潤一郎全集第十一巻）中央公論社　一九九九年
永井荷風『摘録 断腸亭日乗』岩波文庫　一九八七年
永井荷風『濹東綺譚』（荷風全集第17巻）　二〇一〇年
横光利一『上海』（定本　横光利一全集第3巻）河出書房新社　一九八一年
夏目漱石「人生」（漱石全集第十六巻）岩波書店　一九九五年
小林秀雄「様々なる意匠」（小林秀雄全作品1）新潮社　二〇〇二年
小林秀雄「アシルと亀の子Ⅱ」（小林秀雄全作品1）新潮社　二〇〇二年
キルケゴール『反復』桝田啓三郎訳 岩波文庫　一九八三年
吉本隆明『悲劇の解読』（吉本隆明全集17）晶文社　二〇一八年
ロレンス『チャタレイ夫人の恋人』伊藤整訳　（新集世界文学29）中央公論社　一九六九年
松山慎介『「昭和」に挑んだ文学 横光利一・江藤淳・火野葦平』不知火書房　二〇二二年

志賀直哉「内村鑑三先生の憶ひ出」（志賀直哉全集第9巻）岩波書店　一九九九年
横光利一『旅愁』（定本　横光利一全集8 9巻）河出書房新社　一九八二年
ドストエフスキー『白痴』木村浩訳（ドストエフスキー全集9 10）新潮社　一九七八年
加藤典洋『敗戦後論』講談社　一九九七年
小林秀雄「満州の印象」（小林秀雄全作品11）新潮社　二〇〇三年
加藤典洋『9条入門』創元社　二〇一九年
小林秀雄「感想」（小林秀雄全作品19）新潮社　二〇〇四年
吉本隆明、加藤典洋、竹田青嗣、橋爪大三郎「半世紀後の憲法」（加藤典洋『対談 戦後・文学・現在』）　二〇一七年

第十三章

吉本隆明『最後の親鸞』（吉本隆明全集15）晶文社　二〇一六年
「マタイによる福音書」聖書協会共同訳（『聖書』）日本聖書協会　二〇一八年
吉本隆明「マチウ書試論」（吉本隆明全集4）晶文社　二〇一四年
アレント『革命について』志水速雄訳　ちくま学芸文庫　一九九五年
ドストエフスキー『カラマーゾフの兄弟』亀山郁夫訳　光文社古典新訳文庫　二〇〇六年
親鸞『教行信証』（日本思想体系11）岩波書店　一九七一年
唯円『歎異抄』（『日本の思想3』）筑摩書房　一九六八年

第十四章

野呂重雄『喪失 哲学のソナタ249章』西田書店　二〇二一年
ドストエフスキー『カラマーゾフの兄弟』亀山郁夫訳　光文社古典　新訳文庫　二〇〇六年

ヴォルテール『カンディード』植田祐次訳　岩波文庫　二〇〇五年
マルセル『現存と不滅』信太正三・渡辺秀・伊藤晃・三嶋唯義 訳（マルセル著作集2）春秋社　一九七一年

第十五章

太田昌国『〈万人〉から離れて立つ表現 貝原浩の戯画を読む』藤田印刷エクセレントブックス　二〇二一年
柄谷行人『〈戦前〉の思考』講談社学術文庫　二〇〇一年
フクヤマ『歴史の終わり』渡部昇一訳　三笠書房　二〇〇五年
見田宗介『現代社会の理論―情報化・消費化社会の現在と未来』岩波新書　一九九六年
マルクス『資本論第一巻』鈴木鴻一郎・日高晋・長坂聡・塚本健訳（世界の名著43）中央公論社　一九七三年
笠井潔『8・15と3・11 戦後史の死角』NHK出版新書　二〇一二年

わ行

ま行

や行

ら行

な行

は行

た行

さ行

か行

事項索引（小説の登場人物を含む）

あ行

ま行

や行

ら行

わ行

た行

な行

は行

題名索引

あ行

か行

さ行

ら行

わ行

ま行

や行

な行

は行

か行

さ行

た行

索　引

人名索引

あ行

神山睦美（かみやま むつみ）

1947年1月、岩手県生まれ。東京大学教養学部教養学科フランス分科卒。文芸評論家。2011年、『小林秀雄の昭和』で第2回鮎川信夫賞を、2020年、『終わりなき漱石』で第22回小野十三郎賞を受賞。その他の著書に『日々、フェイスブック』『吉本隆明論考』『二十一世紀の戦争』『大審問官の政治学』『希望のエートス 3・11以後』『日本国憲法と本土決戦』『「還って来た者」の言葉』『戦争とは何か』など多数。

奴隷の抒情

二〇二四年四月一〇日発行

著　者　神山睦美
発行者　松村信人
発行所　澪　標《みおつくし》
大阪市中央区内平野町二－三－十一－二〇二
TEL　〇六－六九四四－〇八六九
FAX　〇六－六九四四－〇六〇〇
振替　〇〇九七〇－三－七二五〇六
印刷製本　モリモト印刷株式会社
DTP　山響堂 pro.

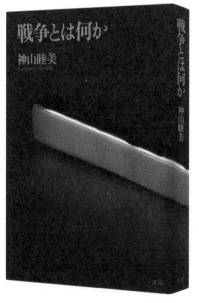